追求
有尊严
幸福的
生活

追求有尊严的幸福生活

In Pursuit of
a Happy Life with Dignity

俞可平

著

北京出版集团
文津出版社

紹興何氏鑒藏

俞可平先生（欣颖摄）

1980年与绍兴师专小组同学在嘉兴南湖烟雨楼前

厦门大学就读研究生时在海边静思

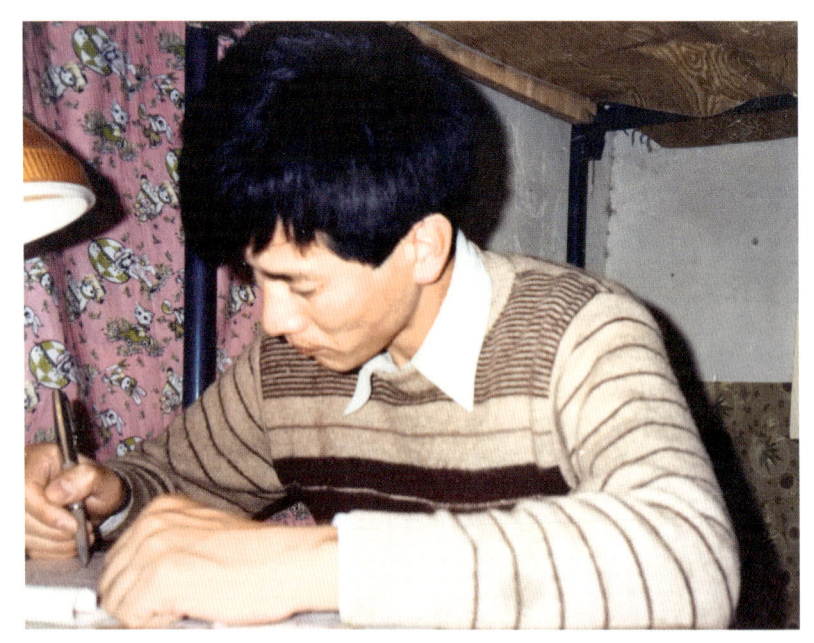

北京大学就读博士研究生时在29号楼宿舍

1992年在武汉大学参加"国家理论研讨会"时合影,前排中间三位分别是中央编译局的杨启潾研究员（前排左四）、武汉大学的刘德厚教授（前排中）、苏州大学的丘晓教授（前排右五）

2008年被德国杜伊斯堡-埃森大学授予名誉博士学位,成为据说是德国有史以来授予中国人的第十个名誉博士

2011年5月,接受《大西洋月刊》专访

2015年11月1日离开中央编译局时,与前来送行的中央编译局、中组部、中宣部相关领导,以及前来迎接的北京大学组织部领导合影

2015年12月11日，入选《中国新闻周刊》"影响中国·年度学者"榜单，著名经济学家高尚全致颁奖词："很少有人能像他那样，在为官的时候已经著作等身；也很少能有人像他那样，在敏感地带游刃有余，新意频出又从不逾矩。他有关'增量民主'的论述，引发了关于民主的大范围讨论；他发起的中国地方政府创新奖项，让'创新'第一次在政治范畴内成为地方政府追逐的热词。如今，他辞官归学，投身于中国的政治学基础理论研究，以强烈的责任感，推动原创性思想的生产。"

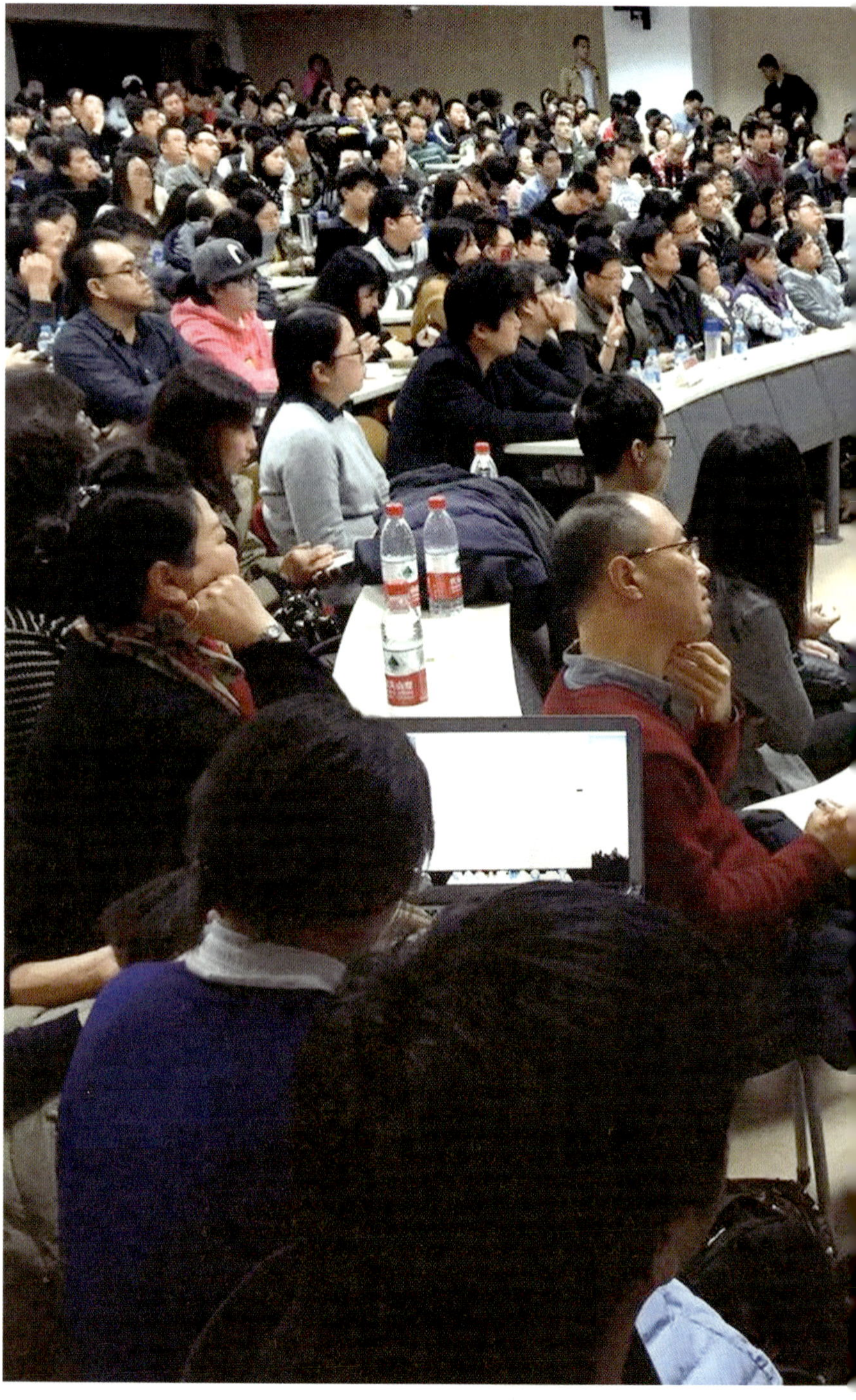

回北京大学后的首场公开演讲

2016年11月4日，在钓鱼台国宾馆举办的第十三届北京论坛上发表主旨演讲

2019年9月27日，在北京大学政府管理学院、北京大学国际关系学院联合举办的第二届政府管理论坛暨纪念北京大学政治学120年研讨会上致辞，会议主题为"开启、转换、传承与创新"

2020年7月30日,由北京大学讲席教授、政府管理学院院长兼中国政治学研究中心主任俞可平领衔主编的《政治通鉴》新书发布会暨"通鉴视野下的政治科学"研讨会在北京大学成功举行。北京大学校长郝平教授(左二)、资深编审周五一先生(左三)与中国大百科全书出版社社长刘国辉先生(右二)等共同为新书揭幕

2020年9月19日,在"中国政治学的学术渊源、传统与发展创新"——纪念钱端升先生诞辰120周年学术研讨会上向钱端升先生家属赠送照片

俞可平先生近影

俞可平先生木刻肖像

目 录

第一部分　北大致辞 ········· 1

1. 做什么都要有底线 ············ 5
2. 做一名共和国的优秀公民 ········ 9
3. 追求有尊严的幸福生活 ········· 15
4. 像追求阳光一样去追求正义 ······ 23
5. 诚信是人类的崇高价值 ········· 34
6. 包容成就伟大 ·············· 44

第二部分　走读人生 ········· 53

7. 走路
　　——绍兴师专忆往 ·········· 57
8. 要有一根筋 ··············· 65
9. 出国忆今昔 ··············· 74
10. 圣人养贤以及万民
　　——重读王安石《读孟尝君传》 ·· 86
11. 仁者有寿智者有福
　　——在《周有光文集》首发式上的讲话 ····· 91

12. 博爱是一种境界
　　——陈祖楠老师《修德求真》读后 ………… 95

第三部分　追念尊长 …………………………… 103

13. 花山村的一位普通农民
　　——纪念我的父亲 ………………… 107
14. 高尚是一种力量
　　——读温总理《再回兴义忆耀邦》有感 …… 118
15. 穿透心灵的人格魅力
　　——怀念徐雪寒前辈 ………………… 124
16. 这才是中国的马克思主义者
　　——悼吴江同志 ……………………… 143
17. 仕而优则学
　　——追念罗豪才老师 ………………… 154
18. 学兄、同事、朋友
　　——忆张世鹏教授 …………………… 161

第四部分　学术访谈 …………………………… 171

19. 乐山乐水，穷理究变 …………………… 175
20. 探寻中国治理之谜 ……………………… 221
21. 学者俞可平 ……………………………… 247
22. 政治学的魅力 …………………………… 267

第一部分

北大致辞

未名湖・博雅塔・春

【题记】 经过长时间的努力争取，上级领导最后同意我辞去中共中央编译局副局长职务，完全脱去公务员身份，并于2015年10月31日回到母校北京大学担任政府管理学院的老师。这是我梦寐以求的事情。我原来的想法是做一名普通的教授，不再担任行政职务。开头北大领导也同意我的想法，只请我担任北京大学政治学的讲席教授和新创建的新体制实体研究机构"北京大学中国政治学研究中心"主任。但在临去北大之前，北大主要领导忽然对我说，经北大党委研究，还是想请我接任由全国政协原副主席罗豪才老师兼任的政府管理学院院长，言辞恳切，并告诉我这既是罗豪才院长的想法，也是北大党委的决定。我很感谢罗豪才老师和北大领导对我的厚爱，其实早在2006年8月，罗豪才副主席和时任北大校长的许智宏教授就正式致函上级领导部门，希望我能够兼任北京大学政府管理学院院长的职务，后来因种种原因而未成。既然现在我回北大了，那就恭敬不如从命，我同意担任北大政府管理学院的院长之职。因此，回北大后的开场白，便是就任政府管理学院院长的讲话。北京大学在学院一级实行院长负责制，院长除了主持学院的全面工作外，通常还要在每年的学生毕业典礼上发表一个致辞，也就是对毕业的学生提出一些期望。每位致辞者的旨趣、风格和观点各不相同，因而每到毕业季，形形色色的毕业致辞便成为各大高校一道亮丽的风景线。作为一名政治学老师，又是政府管理学院院长，我最期待的，是同学们毕业后能够模范地倡导和践行人类社会的先进政治价值，特别是当今中国社会迫切需要的那些政治价值。我认为，人民共和国最坚实的基础在于优秀的公民，所以我从优秀的公民开始，先后强调了人的尊严、公平正义、社会诚信和包容博爱。它们不仅表达了我对北大政管同学的期待，也表达了我对整个中国社会政治进步的期待。

俞可平教授在北京大学政府管理学院院长就职大会上讲话

1. 做什么都要有底线*

尊敬的罗豪才副主席、林建华校长、刘伟副校长，各位领导、各位老师和同事、各位同学：

大家下午好！

27年前，我离开北大时，身上怀着作为一个政治学者的强烈责任感。这种责任感就是：推动中国政治的进步，推进中国政治学的发展。为什么会有这样一种责任感？那是因为母校的教育和熏陶。我相信，今天在座的每一位同事身上都具有这种责任感，因为你们当中的绝大多数都比我在母校的时间更长。

27年后我又重新回到了母校，27年间外面的世界和母校内部的环境都发生了太多的变化，但我身上的这种责任感始终没有减弱，我相信，各位同事长期在母校，

---

* 2015年10月31日下午，俞可平教授在北京大学政府管理学院全院大会上就任学院院长时的讲话，原标题为"做人治国都要有底线"，同年11月5日转载于新浪网。

这种责任感更不会改变。正是我们之间的这种共同的责任感，使得我改变了原来坚辞院长的初衷，两周前才答应校领导担任这个院长职务；也正是这种共同的责任感，使得我有足够的信心与大家一起做好政府管理学院的工作。

如果说我们北大在实现中华民族伟大复兴和推动中华民族思想文化进步方面承担着特殊的责任，那么，我们政府管理学院除了教书育人、为国家培育优秀的人才外，还应当在引领社会政治思想和影响国家重大决策方面承担起重要的责任。政府管理学院要无愧于北大的光荣传统，无愧于社会各界的期待，就既要有一批引领政治学研究、处于学术前沿的权威学者，也要有一批对党和国家重大政治议题具有影响力的公共政策专家。这是我们北大政府管理学院区别于其他大学相似学院的重要关节点，也是我们政府管理学院最重要的职责之一。

作为北京大学政府管理学院的新任院长，毫无疑问，这也将成为我的最重要职责之一。从今以后，我将与各位政管学院同事一道，为改进学院的治理结构，改善学院的教学研究氛围，进一步提升北大政管学人在国内外的学术影响力做出自己的努力。

不少同仁可能知道，我一直倡导国家的民主自由，并把它当作我国政治发展的根本价值；我也希望我们学院拥有浓郁的自由民主氛围；我也一直倡导和追求国家和社会层面的善治，即公共利益最大化的管理，我也希望我们政府管理学院的治理也能实现公共利益的最大化；我一直倡导增量改革，认为这是成本最低效益最大的发展途径，我也希望我们政府管理学院不要折腾，而要有序增量地发展。我还一直倡导公平正义和依法治国，并把它当作"国家底线"。

我认为，做人要有两条底线，即道德底线和法律底线。治国更要有底线，公平正义和依法治国就是国家的底线。学院治理同样要有底线，公平正义、依法依规就是治院的底线。认识我的人都知道，我为人处世相当随和，也与世无争，还有些书生气。但有些人可能不知道，我也有极强的底线意识，会努力捍卫学者和学院的底线。

我们政管学人对社会进步的责任主要应当通过教学和研究来实现。在学院内部，我们应当把主要精力放在教学相长和学术研究上，如果我们对政治怀抱热情，那么就要参与到国家的政治生活中去，那才是我们北大政管学人的气魄和境界。学院同仁之间，没有根本利益的冲突，应该相互妥协和合作，共同增进学院的公共利益。我特别希望与大家一道，来营造我们政管学院团结合作和谐的新局面。有了团结合作和谐的局面，不仅大家心情愉快，我们政管学院在明天也必定更加兴旺发达！

追求有尊严的幸福生活

最后，衷心感谢母校领导对我的厚爱，感谢学校领导对政管学院的关心支持，感谢学院历届领导和全院教师员工为学院发展所做出的重大贡献，特别要感谢罗豪才院长对学院的关爱。期待着与各位同事共创政府管理学院更加美好的未来！

《国家底线：公平正义与依法治国》（2014）书影

2. 做一名共和国的优秀公民[*]

亲爱的同学们：

首先祝贺你们圆满完成学业，顺利取得学位！从今以后，我们北京大学政府管理学院又将增添 356 颗闪亮的新星，飘落祖国各地，放射出我们北大政管人的独特光彩。

我是去年底才回到母校的，这个学期来不及开课，很遗憾没有机会与同学们在课堂上相见。我唯一一次与同学们直接见面的机会，是今年年初的辞旧迎新联欢晚会。这台联欢晚会给我留下了极为深刻的印象，它展示了我们政管学子的才华、格调、情怀和境界。我为我们学院拥有如此优秀的学子而深深地感到自豪和骄傲，感谢你们以优秀的学业为学院争光，感谢辛苦地培育你们成长的家长、老师和所有帮助过你们的人。

同学们毕业后将走上各不相同的岗位，有的将成为军

---

[*] 2016 年 7 月 6 日，作者在北京大学政府管理学院毕业典礼上的致辞。

人，有的将成为学者，有的将成为公务员，有的将成为企业员工，有的将独自创业，还有的将在学校继续深造。然而，不管你们毕业后选择什么样的职业和人生，有一点都将毫无例外，这就是：你们都是一名光荣的中华人民共和国公民。

同学们，不知你们认真地想过没有："中华人民共和国公民"意味着什么？"中华人民共和国"是我们伟大祖国的国号，"公民"是我们最崇高的身份。作为政府管理学院的毕业生，你们应当对"人民共和国"和"公民"这两个重要政治概念有着更加深切的理解。北京大学不仅是中国现代民主科学思想的发源地，也是中国现代政治学的发源地。学习和传播现代民主科学知识，是我们北大人的共同责任，更是我们政管人的专业责任。现在，我想利用毕业典礼给我的短短几分钟时间，向同学们谈谈我对"人民共和国"和"公民"这两个基本政治概念的理解，庶几弥补我没有给同学们讲课的缺憾。

什么是共和国？共和国意味着国家不是某个人的，而是大家的；不是私人的，而是公共的。从人类政治史的角度看，有过两种基本形式的共和。一种是贵族共和，一种是人民共和。国家统治者在少数人中间选举产生，政权由少数人控制的共和国家，是"贵族共和国"。反之，国家的领导人在全体人民中选举产生，国家最高权力属于人民的国家，则是"人民共和国"。人民共和国实际上就是我

2. 做一名共和国的优秀公民

们通常所说的民主国家,它的基本原则就是"主权在民"或"人民当家作主"。它要求"权为民所赋""权为民所有""权为民所用"。我们的"中华人民共和国"就是这样一种"人民共和国"。

公民不同于人民。人民是一个政治概念和集体概念,公民则是一个法律概念和个体概念。公民是现代民主社会的细胞,是人民共和国的基础。人民的主体地位,只有通过一个个公民在社会生活中的主人翁地位才能得以体现;人民的民主权利,也只有通过具体的公民权利才能得以实现。公民既有权利,也有责任。公民最大的权利,就是参与国家的公共管理;公民最重要的责任,就是促进社会的公共利益。

同学们,作为院长,我对每一位从我们政管学院毕业的学生都抱有深切的期待,我希望你们每一个人都努力成为人民共和国的优秀公民。首先,要有强烈的主人翁意识:共和国属于我们全体人民,为我们每一位公民所拥有,我们每一个人都是这个国家的主人。"天下为公,报国为怀",是我们北大政管人的座右铭。毕业后,这一座右铭应当内化为你们对国家的深切责任感。一切正义进步的事业,你们都有责任去推动;一切社会公益活动,你们都有责任去参与;一切邪恶反动的行为,你们都有责任去阻止。

当你们自己的合法权益受到侵害时,你们一定会依法去努力维护;当校友的合法权益受到侵害时,我相信你们也会果断地站出来发声。但是，要成为一名共和国的优秀公民，我更希望的是：当不是你自己，也不是你的亲友和校友，而是普通民众的合法权益受到侵害时，你们也能从内心发出正义的声音，并且尽自己最大的努力去维护社会的公平正义。永远高举民主与科学的旗帜，以自己脚踏实地的实际行动，努力践行民主、自由、公平、正义、法治这些社会主义核心价值，这是我所期待的北大政管人的"公民精神"。

"天下为公，报国为怀"，这是我们北大政管人的境界！让每一个政管学子养成这种崇高的境界，这正是母校和母院给你们的最宝贵财富。忆往昔，母校的岁月拓宽了你们的广阔胸怀，积累了你们的深厚学养。望未来，你们应当善于向社会学习，向人民学习，在工作实践中增长才干和本领。我们北大政管人，走向社会后不仅应当眼高，也应当手高。眼高手也高，这才是成功之道，也是我对你们的又一期待。

我期待着你们毕业后成为一名合格的公民、优秀的公民、模范的公民，但我首先希望你们成为一个健康的人、快乐的人、幸福的人。古往今来几乎所有的人都追求幸福和快乐，权力、金钱、名誉可能但未必带来幸福快乐，必定能够给你们带来终身幸福快乐的就是：凭自己的良知做个好人，尽自己的努力推动进步！

2. 做一名共和国的优秀公民

亲爱的同学们,如果过去你们一直以母校和母院为荣的话,那么,从今以后,我相信母校和母院将以你们为荣,期待着你们以自己的幸福人生和杰出贡献为母校和母院增添新的光彩!

2016年北京大学毕业典礼现场

追求有尊严的幸福生活

2016 年北京大学政府管理学院毕业典礼现场

出席 2016 年中国青年政治人论坛开幕式并致辞

3. 追求有尊严的幸福生活*

亲爱的同学们：

首先祝贺你们顺利完成学业！无论是你们的家长亲人，还是老师朋友，对你们毕业后走向社会必定会有许多良好的祝愿，你们自己对未来也必定会有无限的憧憬。所有的良好祝愿和美好憧憬，归根结底无非是两点，一是为社会多做贡献，二是生活得更加幸福。幸福是人类的永恒追求，是人类的共同梦想。然而，追求一种什么样的幸福生活，以什么方式去追求幸福生活，人们的理解却极不相同。

幸福是一种个人的主观体验，它是人们在需求和欲望得到满足时产生的愉悦感。但是，幸福除了个人的主观体验之外，还包括物质生活水平、基本政治权利和自我价值实现程度等综合因素。这些要素通常要受到客观现实条件

---

* 2017 年 7 月 5 日，作者在北京大学政府管理学院毕业典礼上的致辞。

的制约，因此，人类的幸福与社会的外部环境密切相关。正如罗素所说："人们的幸福与社会制度和个人心理相关，我们需要通过改造社会来增进人类的幸福。"对于一个饥饿中的人来说，吃饱肚子就是最大的幸福；对于一个解决了温饱但没有人身安全的人来说，获得安全就是最大的幸福；对于一个有人身安全却没有自由的人来说，得到自由便是最大的幸福。在所有人类幸福中，有尊严的幸福，是最高的幸福。追求一种有尊严的幸福，正是我对各位的真诚祝愿。

那么，尊严究竟是什么？为什么说有尊严的幸福，是人生的最高幸福？

尊严最初的意义，是人的某种社会地位和社会价值受到应当受到的承认和尊重，这种思想几乎与人类文明同时产生。但在传统社会，尊严至多是人的一种"外在价值"。到了现代社会，尊严才成为人的"内在价值"和本质属性。作为人人天然拥有的内在价值，人的尊严超越其他所有价值，具有至高无上的性质。它表明人本身就是目的，而非实现其他任何目的的手段。把人当作纯粹的工具使用，本质上就是剥夺人的内在价值，侵犯人的尊严。先贤说"士可杀，不可辱"，强调的正是尊严对于生命的意义：有时候，人的尊严值得用生命去维护！

3. 追求有尊严的幸福生活

人的尊严基于人类理性和德性之上，它给人以自我和自主，使人幸福；它给人以博爱，使人高尚。

基于理性之上的尊严，要求每个人都具有内在的自尊性，在社会交往中不失去自我；同时也充分尊重他人的个性和自由，不强求人与人之间思想和意志的一律。任何人都不是别人的主人，强使自己成为别人的主人，或者强迫奴役别人，就是强制性地剥夺他人的尊严，也就是剥夺他人的人格。

基于德性之上的尊严，要求每个人都内在地具有一种良知，并且在社会交往中坚守自己的良知。失去人的良知，便是丧失人的德性和尊严，便是失去人性。

尊严也是人与人交往的首要原则。每个人不仅要把自己看作人，也要把别人当作人来看。要把自己看作人，首先就要维护自己的尊严；以牺牲尊严去换取权力和利益，就是丧失自己的人格。同样的，要把别人看作人，就要把尊严给予他人；用利益和权力去损害他人的尊严，不仅违背人道，而且终将被人唾弃。

由此可见，有尊严的幸福之所以是人类最高的幸福，是因为尊严是人的本质属性和内在价值，失去尊严，人的生命和生活就没有实质性的意义。有尊严的幸福，不仅需要有体面的生活和健全的身心，更需要人格的独立、自由和平等；不仅需要基本生活物质的满足，更需要自我价值的实现；不仅需要自我的满足，更需要社会的尊重。尊严不是用权力和财富去获取外在的满足，而是用生命和爱心去体验内在的美好。

尊严不是奢侈品，并非高不可触，它就在人们的日常生活中，就在你的一言一行中。衣食无忧、安居乐业关乎尊严，不为五斗米折腰、上学看病不用求人也关乎尊严；体面的生活、健康的身体关乎尊严，贫困不潦倒、身残志不短也关乎尊严；和睦友善、尊老爱幼关乎尊严，反抗暴行、伸张正义也关乎尊严；不依附权贵、不仰人鼻息关乎尊严，自由地思想、不受恐惧地表达，也关乎尊严；得到荣誉、受到奖赏关乎尊严，不当众遭受羞辱、不被污名化也关乎尊严；作威作福、恃强凌弱关乎尊严，助纣为虐、媚上欺下也关乎尊严；遵纪守法、维护正当权益关乎尊严，参政议政、关心国家大事也关乎尊严。有的时候，说一句"抱歉"、道一声"谢谢"关乎尊严；有的时候，给一个微笑、伸一只援手，也关乎尊严。

总而言之，尊严无价，人格无价。古人说"三军可夺帅，匹夫不可夺志"；又说"贫贱不能移，富贵不能淫，威武不能屈"。在任何时候都不能以牺牲尊严为代价，去追求低俗的所谓幸福生活。希望你们毕业后能够坚守道德良知和民主法治的底线，在困难面前不低头，在权贵面前

3. 追求有尊严的幸福生活

不弯腰，在邪恶面前不退让，在利诱面前不堕落。

"天下为公，报国为怀。"对于我们政管人来说，仅仅追求自己的尊严是远远不够的。我们还要帮助身边的其他人去维护他们的尊严，要努力通过推动社会的进步，去维护所有人的尊严。希望同学们毕业后，要平等地把尊重给予每一个人，只有尊重他人，自己才能受到别人发自内心的尊重；要努力去推动社会的政治进步，只有在民主法治的条件下，每个人的尊严才能最大限度地获得维护和保证。

同学们，从来就没有救世主。你们的尊严和幸福生活，只能依靠你们自己并通过适当的法律制度去争取。依赖于人类自己并通过具体的政治、经济和社会制度，来维护和保障人的基本权利，进而维护人的尊严，是人类终于找到的实现自我解放的唯一正确道路。维护每个人的尊严，让每一位公民过上一种有尊严的幸福生活，是人民共和国的基本责任。公民因为正当的言行而失去尊严，不仅是个人的羞辱，也是国家的羞辱。让人民生活得更加幸福，更有尊严，让每一个人拥有一种尊严而幸福的生活，应当是我们中华民族伟大复兴的真正目标，这也是我对每一名政管毕业生的良好祝愿！

追求有尊严的幸福生活

在毕业典礼上接受 2017 级毕业生代表赠书并致辞

与牛津大学政府管理学院院长恩盖尔·伍兹 (Ngaire Woods) 签署双边合作协议

3. 追求有尊严的幸福生活

为北京大学政府管理学院承办的党政干部培训班授课

追求有尊严的幸福生活

2017年6月18日，参加北京大学德国校友会年会并发表学术演讲

4. 像追求阳光一样去追求正义[*]

亲爱的同学们：

令人激动的毕业季节又来临了，我谨以院长的身份向同学们表示最热烈的祝贺！祝贺你们圆满完成学业！愿每一位同学毕业后在各自的岗位上取得出色的业绩，母校和母院将以你们为自豪。

我是一名政治学老师，总要强调政治学的重要性。亚里士多德说，在所有学科中，政治学是最重要的学科。我虽然已经不敢这么说，但我还是要说，政治学至少是最重要的学科之一。对于政治压倒一切的现实中国来说，尤其如此。因此，我总是想利用一切机会，多给同学们讲一些政治学的知识，从给你们讲第一堂课，直到最后的毕业典礼。每次毕业典礼讲话的主题，其实就是政治学的一个基本概念或基本价值。前年讲的是"公民"，去年讲的是

---

[*] 2018 年 7 月 11 日，作者在北京大学政府管理学院毕业典礼上的致辞。

"尊严",今年我要讲一个更加重要的政治学概念或人类的基本政治价值,这就是"正义"。

作为政府管理学院的学生,无论你选学哪个专业,想必都认真读过政治学的一本经典著作,那就是柏拉图的《理想国》。记得前年同学们还以《理想国》为题拍过一部微电影,反响很好。《理想国》的核心概念是什么?你们一定知道,是"正义"。是的,不仅是《理想国》,从某种意义上说,整个人类政治思想史,就是关于"正义是什么"以及"如何推进正义"的知识史;整个人类的政治进步史,集中体现为推进社会公平正义的历史。你们在校期间学到的关于政治学的基础知识,其核心内容之一就是"什么是正义",以及"如何捍卫和促进正义"。

同学们,毕业之际也将是你们把学到的正义知识,转变成正义行动的时刻。我热切地希望,同学们毕业之后,像追求阳光一样去追求正义!

大家知道,正义的英文是"justice",它是政治思想史上最古老和最重要的范畴。其基本意义就是"做应当做的事情""得到应当得到的事物"。柏拉图说,正义就是"智慧和美德",而不义则是"无知和邪恶"。至少从柏拉图时代起,正义就被所有进步的政治家和思想家视为良政善治的基本属性,也是评价社会政治进步的基本标尺。

正义本质上是一个应然的概念。对于个人而言,正义

4. 像追求阳光一样去追求正义

就是每个人出于自身良知而产生的"应该做什么"和"应该得到什么"的道德命令。对于社会而言，正义就是每一个人都能够公平地获得其应该获得的事物。对于个人来说，正义是最大的"天理"；对于社会来说，正义是最高的"道义"。中国传统思想中的"天道"、西方传统思想中的"自然法"，都是人类正义的不同表述。正义是所有个人行为和社会行为最终的合法性来源，是评判个人和群体善恶的最高标准。

正如亚里士多德所赞美的那样，正义是人类的"至善"。他说："正义集中了人类的所有美德"，"比日月星辰更加光彩夺目"。正义不仅代表了分配的公平和权利的平等，而且代表了个人的良知和社会的美德。正义不仅意味着个人权利的最大化，也意味着整个共同体公共利益的最大化。正义既代表了结果的公平，也代表了程序的公平。一个正义的社会，就是一个美好的理想社会。

我们之所以要追求正义，是因为我们向往的理想社会，即个性充分解放，人人得以"自由而全面发展"的"自由人联合体"，是正义所要求的。恩格斯说，"真正的自由和真正的平等，只有在共产主义制度下才可能实现；要向他们表明，这样的制度是正义所要求的"。

我们之所以要追求正义，是因为正义基于人类的良知和理性。人类的一切善行，无不源于其内在的良知和理性，而正义是其中最高的善。这种良知和理性，是人类区别于一般动物的根本所在，是人之所以成为人的基本品质。霍布斯说，正义集中了人类最大的良知和理性，是人类的首善。

我们之所以要追求正义，是因为正义也符合自然的理性，是自然秩序在社会领域的体现。埃德蒙·柏克说，"有一种东西，并且只有这种东西恒久不变，它先于这个世界而存在，并且也将存在于这个世界自身的组织结构之中。它就是正义"。

我们之所以要追求正义，是因为正义也是立国之本。任何伟大的国家，只有从事正义的事业，才能对内得到人民的坚定拥护，对外得到国际社会的广泛支持。中国古代先贤强调"得道多助，失道寡助"，这里的"道"实质上就是正义。奥古斯丁也说，没有正义，就没有人民的共和国。

我们之所以要追求正义，是因为正义是人类文明进步的原动力，它为人类的文明进步指明了根本方向。汉密尔顿说："正义是政府的目的。正义是人类文明社会的目的。"人类文明的演进充满了罪恶和苦难，但无论多少艰难和罪恶都阻挡不住人类走向更高文明的步伐，这是因为人类自身有一种不可遏制的追求正义的内在冲动。

4. 像追求阳光一样去追求正义

我们之所以要追求正义,是因为正义为人类评价自身的善恶提供了终极的道德标准。无论是自然正义还是社会正义,它们都是人类行为合法性的最终来源。正是因为存在着终极的正义标准,历史才可以最终判断个人的善恶,以及社会或政府的好坏。

虽然我们不能说政治思想家们已经穷尽了关于正义的所有知识,但是可以说他们已经告诉了我们关于正义的基本知识。要真正实现社会的正义,具备正义的知识是必需的,但却是远远不够的。只有将正义的知识,转化成正义的行动,才能最大限度地实现正义的价值。那么,如何才能使正义的知识转化为正义的行动,或者说,如何以正义的知识去推动正义的实践呢?

要有正义的行动,首先要有对人类正义的坚定信心,从而拥有一种内在的正义感。人类的进步与发展过程,是一个人性逐渐克服和战胜兽性的过程。毫无疑问,从历史的长河看,基于理性和良知的人性,压倒性地战胜了人类身上原本存在的兽性。尽管就某个局部或某个时期来说,社会进步的进程可能会暂时中断,甚至出现某种倒退,但是,从整个人类历史发展的进程来看,以及就某个国家或地区的长远发展趋势来看,人类趋向更加正义的进步过程是不可逆转的。因此,要有正义必胜的信心,要深信正义的力量终将战胜邪恶,深信"多行不义必自毙"的古训。

一个有正义感的人，身上会不断散发出理性和良知的光辉，会养成一种浩然正气，有道义的担当，从而拥有追求公平正义的不竭动力。

要有正义的行动，必须坚守正义的底线。对于个人来说，诚信友善、不为五斗米折腰、尊重和包容不同观点、"己所不欲勿施于人"、富有同情心和责任感，等等，是正义的道德底线；尊重宪法和法律的权威、不畏权贵而敬畏法律、在宪法和法律的框架内活动、遵循法律面前人人平等的原则，等等，是正义的法律底线。坚守民主、自由、平等、法治、公正等核心价值，反对专制独裁和等级特权，拒绝精英主义和民粹主义，是正义的政治底线。

没有良好的制度保障，不仅公民合法的自由、平等和尊严等基本权利得不到切实保障，而且个人的一切正义追求也终将付诸东流。制度的正义是人类社会最重要的政治正义，良好的政治法律制度是捍卫社会公平正义最有力的武器。要使正义的知识转变为正义的实践，最重要的就是要努力推动政治体制的改革，坚决破除阻碍人民民主和政治文明的一切制度屏障，消除一切助长官员腐败特权的体制机制，建立公平合理的利益分配机制，用有效的制度去维护每一位公民的正当权益。

自己不作恶，也不给他人作恶创造条件，并且竭力阻止恶的发生，这是正义行动的基本要求。一个正义之士，不仅自己要光明正大，行正义之举，而且当周边发生恶行时，也不应当无动于衷，而要竭尽所能去阻止恶的发生。例如，当有人因为对企业和官员的正当批评而遭到跨界追捕时，当有人在讨回欠薪过程中遭到毒打时，当人们的人格尊严遭到暴徒的羞辱时，当正当的言论自由被粗暴地剥夺时，大家都应当挺身而出，发出正义的呼喊，采取一切合法的措施，阻止恶行的发生，让社会回归正义的轨道。

捍卫正义、伸张正义，要从自己做起。每个人都有权对别人和社会提出正当合理的要求，但要求别人做到的，自己首先应当身体力行。一个只对他人提出要求而从不要求自己的人，一个只喊空洞的正义口号而自己从不付诸行动的人，对促进社会的公平正义无所助益。要使正义的知识变成正义的行动，就要从自己身边的点滴事情做起：积极投身社会的公益与进步事业，拒绝与邪恶力量同流合污，自觉抑制周围的各种倒行逆施行为，帮助那些因伸张正义而受到打压的人，等等。所有这些都是正义的善举。古人说："勿以恶小而为之，勿以善小而不为"，这同样适合于现代社会的正义行动。

同学们，将正义的知识，转化成正义的行动，是我们北大人家国情怀的具体体现。公平正义自古以来就是人类追求的普遍价值，更是社会主义的首要价值和核心价值。历史上，社会主义之所以有如此强大的号召力，就是因为它承诺要创造切实的经济和政治条件，使社会变得更加公平正义，使全体人民都能享受更加平等的政治经济权益。因此，没有公平正义，就没有社会主义。无论是两个"百年目标"，还是中华民族的伟大复兴，都必然包含着公平正义的要素。同学们在工作中为维护公平正义所做的每一件有益的事，实际上都是在为实现中国特色社会主义现代化强国做出自己的贡献。

最后，让我把柏拉图在《理想国》中的一句话送给同学们，作为我对你们的祝福："正义的人是幸福的。"衷心祝愿同学们毕业后为社会的公平正义做出更多的贡献，从而使自己的人生变得更加幸福！

4. 像追求阳光一样去追求正义

在北京大学人文社会科学发展工作会议上讲话

北京大学建校 120 周年庆典现场

追求有尊严的幸福生活

与本科学生午餐座谈

4. 像追求阳光一样去追求正义

2018年北京大学政府管理学院新年晚会与部分参加演出同学合影

追求有尊严的幸福生活

5. 诚信是人类的崇高价值*

亲爱的同学们：

祝贺你们修完学业，顺利毕业！毕业典礼是一个喜庆的日子，在今天这个日子里，你们自己首先高兴，终于将结束大学生活，进入令人憧憬但又不那么确定的新的人生阶段。你们的父母高兴，自己的孩子不仅将自食其力，而且将为家庭和社会做出贡献了。作为你们的老师，我们更加高兴，我们又将为社会输送出一批杰出的人才，国家的现代化事业又将增加一批充满活力的优秀建设者。

现在有各种各样的大学排行榜，许多人很在乎自己学校的排名。说实话，我并不太在乎这些排行榜。要我说，我们应当最在乎的是两件事：一是学生们毕业后对社会所做的贡献，二是老师们的科研学术成果对社会进步所起的作用。所以，我特别希望你们毕业后，能够充分发挥你们

---

* 2019 年 7 月 3 日，作者在北京大学政府管理学院毕业典礼上的致辞。

的聪明才智，在各行各业中做出杰出贡献，成为"优秀的公民"和"卓越的领袖"，为伟大的母校和亲爱的母院争得荣誉。

同学们毕业后可以通过各种方式为社会做出我们北大政管人应该做出的贡献：运用在校期间学到的知识做出工作业绩，是对社会的贡献；通过自己的所作所为，树立文明进步的良好榜样，也是对社会的贡献。今天我特别想跟同学们讲讲诚信与社会公信力的问题，我认为我们的社会诚信和公信力正在遇到极大的挑战，我希望同学们能够模范地践行诚信为本的做人准则，努力增强社会的公信力。

亚里士多德说，人天生就是政治动物。他的实际意思是说，人是天性合群的动物，必须过群体生活，唯如此才能组成社会和国家。人类之所以能合群，是因为能够相互信任。信任是构成所有人类共同体的基本要素，人类若没有足够的相互信任，那么人与人之间就失去了相互联系的基本纽带，社会就不能正常运行。信任可以消除相互猜疑，增加社会的安全感；信任可以防止对立和冲突，增强社会的团结合作；信任可以使大家自觉遵守共同的规则，有利于改善社会的秩序；信任可以大大降低交易成本和行政成本，促进经济和政治的发展。

诚信不仅是人类的一种美德，更是人类的一种价值。正因为信任对于社会的集体生活具有根本性的意义，所以自古以来没有一个民族，没有一个国家，没有一种宗教，没有一种文化不把诚信当作核心价值和基本规范。我们的社会主义核心价值中，也包含"诚信"。用我们古人的话来说就是，"民无信不立""国无信不立"。在这一点上，不仅古今相通，而且中外也相通。

令人担忧的是，这些年来我们的社会诚信出现了许多问题，面临着严峻的挑战。在某些领域，人们之间的相互信任已经跌破底线，人与人之间，个人与组织之间处于极度的不信任之中。由于诚信的缺失和社会公信力的下降，我们的经济交易成本、社会交往成本和行政管理成本都在明显增大，有时到了不堪重负的地步。例如，在经济贸易领域，假冒伪劣产品泛滥成灾，商业欺诈屡见不鲜，网络电信诈骗无孔不入，虚假广告、欠债不还、集资骗钱等见怪不怪。前段时间去贵州，几位朋友自己带着茅台酒请我吃饭，几乎都要强调一下"这瓶茅台酒是真的"。我反问道：难道在贵州还有假的茅台酒？朋友们异口同声回答说：市场上的茅台多半是假的。

在日常生活中，许多人信口雌黄，言而无信；许多人说一套做一套，当面一套背后一套，毫无羞耻感；许多人在台上一套说辞，在私下场合又是一套说辞，且习以为常；许多人当面不说不同意见，背后则开始各种形式的"举报"。古人说"防人之心不可无"，在许多人那里变成了"信人之心不可有"。例如，在日常交往中，相信别人反倒成为不正常行为，会被讥笑为"太傻"。依我自己的亲身经验而言，其实，信任别人并不是"太傻"，而是把对方当作真正的人；精于用一些小伎俩骗取他人信任的人并不是"聪明"，而是自己不把自己当作真正的人。

在中国传统文化中，教师和学者一直受人尊敬，但近些年来，学术公信力也遭到重大挫伤。一些人通过学术造假获取职称、基金、奖项、名利和地位；一些人利用手中的学术权力，在文章发表、课题评审和奖项授予中进行利益交换。更有甚者，有些人胆敢在招生和学位授予中谋取不正当的利益，另一些人则通过变相的手段抄袭和剽窃他人的科研成果。尤其令人不齿的是，有些教师还将自己学生的成果据为己有。学者一直被视为社会的良心，担负着针砭时弊、惩恶扬善的重大责任，如果学者也不讲诚信，那么社会的公信力必定受到严重的伤害。

经济、社会和学术领域公信力的流失，都将严重损害社会的整体公信力。然而，它们还不是最严重的，对社会公信力最严重的损害，是政治公信力的流失。在国家治理和社会治理方面，党和政府正面临的一个突出挑战，就是政治公信力的严重流失。一些官员不仅理想信念丧失，而且毫无诚信可言；一些官员成天要求别人说真话讲诚信，自己却好话说尽坏事做绝；一些官员不信制度和法律，只信亲信和鬼神，大搞"小圈子"政治。有的上级不信任下级，事无大小都要求下级对其进行报告和请示；有的下级不信任上级，采取"上有政策，下有对策"的阳奉阴违做法。

政治公信力缺失的直接后果，就是极大地增加执政成本。同学们知道，政治学中有两个基本概念，一是权力，一是权威。从政治学的角度看，权力是迫使对方服从的制度性强制力量；权威则是一种使对方因信服而顺从的影响力。当权力转变成权威时，其作用和效果就会倍增；反之，当权力不具备权威时，其执政的成本会成倍增加。权威可以明显地降低权力行使的成本，因此当人们一旦握有权力时，总希望使手中的权力具有最大的权威。掌权者的诚信和政治公信力，便是权力转变成权威的催化剂。

总而言之，无论对于个人还是对于社会，无论对于经商，还是对于治学和从政，诚信都不可或缺。不仅人无信不立，国无信也不立；不仅商无信不立，学无信不立，政无信也不立。无论同学们毕业后从事什么工作，诚信都将是你的立身之本和事业之本。在同学们即将毕业之际，我愿就诚信社会的建设提几点希望，与大家共勉。

首先，努力倡导和弘扬诚信的价值。孔子说：人而无信，不知其可也。诚信对于个人和社会并不是可有可无的，而是人类的一种内在价值，缺少它，人类的意义就不完整。诚信也不是无足轻重的，而是一种重要的道义力量。得信者多助，失信者寡助。拥有诚信的人，内心必定会拥有一种强大的精神力量，有助于他战胜困难和邪恶；一个信誉良好的人，总会获得人们更多的支持和帮助。同样地，一个诚信的国家，也必定会拥有众多的友邦，得到国际社会的道义支持和物质支持。希望同学们更加看重诚信，多与诚信的人交朋友，把诚信当作判断和衡量是非好恶的重要标准。

其次，鄙视不守信用、缺乏诚信的行为。正常守信的人常常会痛恨不守信用的人，要使失信的人变得越来越少，就要努力在全社会形成一种氛围，让那些缺乏商业信用、政治信用和学术信用的人，成为人人喊打的过街老鼠，让失信者感到孤立和羞耻。不为没有诚信的商人、学者和官员提供活动空间，即使自己的亲朋好友有失信的行为，也要严肃地规劝他们，绝不助长他人和社会的失信行为。

其二，带头讲信用，努力成为诚信的模范。诚信是一种基本品质，要求别人做到的，首先自己要做到。要别人诚信，自己首先要诚信；要求别人讲真话，首先自己要讲真话；要使他人言而有信，首先自己要言而有信。我们政府管理学院的宗旨中有这样两句话："培育优秀公民，造就卓越领袖。"要成为共和国的优秀公民和业界的卓越领袖，一个重要的前提，就是带头讲真话、守信用，成为诚信的模范。缺乏诚信，没有信誉，即使一个人的能力再强，事业再成功，也不能算是"优秀公民"和"卓越领袖"。

其四，遵守诚信制度，用规则约束自己。诚信作为人类的道德品质，是可以塑造的。通过法律制度和道德规范，鼓励人们的守信行为，惩罚人类的失信行为，是增强社会公信力的根本举措。一方面，我们要进一步健全和完善社会的信用体系，杜绝制度性的诚信缺失，营造诚实守信的制度环境。对不讲诚信的官员、商人、学者等业界人士进行严厉的惩罚，让其为失信行为付出严重的代价；另一方面，每一个人都应当自觉地遵守有关信用的法律制度和道德规范，使守信不仅成为一种行为方式，也成为一种生活方式。

最后，我特别希望同学们能够为提升国家的政治公信力做出贡献。北大人之所以为北大人，是因为北大人身上有一种深刻的家国情怀；政管人之所以为政管人，是因为政管人以"天下为公，报国为怀"。在我们这样一个有着浓厚官本主义传统的国家，官员的诚信是社会诚信的关键，政府的公信力是社会公信力的关键。要真正建设一个诚信的社会，必须首先建设一个诚信的政府。如果你们当中有人以后从政为官，那么除了做到正常人应当做到的诚信之外,尤其要注重政治诚信:对人民群众许下的诺言,要不折不扣地实现;要求下属和民众做到的,自己必须率先垂范。要最大限度地信任民众,尽量少一些管制和劣治,多一些自由和善治。只有这样,人民才会给你以最大的信任。

同学们,诚信不仅是一种美德,一种责任,一种品质;也是一种价值,一种力量,一种资本。诚信为本,以信服人,不仅能使你成为一个可靠的人,一个高尚的人,也将助你成为一个成功的人,一个伟大的人!

谢谢大家!

追求有尊严的幸福生活

为北京大学政府管理学院 2019 届本科毕业生拨穗

在希腊罗德岛与世界各国政要和学者开展对话

5. 诚信是人类的崇高价值

参加北京大学研究生院举办的"教授茶座"

6. 包容成就伟大[*]

亲爱的同学们：

年初新冠肺炎疫情暴发以来，多少回我们在美丽的燕园盼待并谋划同学们返回母校，恢复正常的学习生活。就在不久前，学院还给同学们发出了通知，邀请毕业班的同学回来参加毕业典礼。部分应届毕业的研究生还真回到了母校，今天他们就在现场，使我们倍感亲切。然而由于北京的疫情出现了重大反复，市政府和学校再次提高了防控级别，应届本科毕业同学很遗憾不能回到母校由老师们亲手给你们拨穗，只能参加今天举行的云端毕业典礼。

今年放寒假的日期是 1 月 13 日，距今已经整整 5 个半月，160 多天了。我相信，自从你们上小学后，绝大多数同学一定没有这么长时间离开学校而待在家里。尽管发生了这么大的变故，你们还是克服疫情带来的种种困难，

---

[*] 2020 年 7 月 2 日，作者在北京大学政府管理学院毕业典礼上的致辞。

顺利完成了全部学业，交出了圆满的毕业答卷，今天得以参加这个极其特殊的毕业典礼。在此，我要向各位同学表示最热烈的祝贺，祝贺大家在人类罕见的疫情期间结束学业，并将走上工作岗位，或开始更高阶段的学习生涯！在今天这个难忘的毕业典礼上，我不仅要祝贺同学们如期完成学业，还要感谢同学们对学院防疫工作的配合；不仅要祝贺大家顺利毕业，更要祝贺大家经受住了凶猛疫情的严峻考验，自己身上的各种品质得到了升华。大家不仅交出了圆满的学业答卷，也交出了合格的品行答卷。

同学们正值花样年华，在活力四射的青春时期，突然因疫情而必须在家里蜗居160多天，这首先考验的是同学们的坚忍不拔精神。囿在家里将近半年，要严格遵循当地政府和学校疫情防控的各种规定，停止许多本来正常的户外活动，既要保持身心的健康，还要完成课程作业和毕业论文，若内心没有足够的坚强、忍耐、克制、自信，几乎是不可想象的。坚强、忍耐、克制、自信等品行，一直是人们称道的美德。它们之所以是人类的美德，是因为这些品行帮助我们克服内心的恐慌，保持积极乐观的心态，有助于我们战胜现实的困难，完成既定的任务。我希望同学们毕业后也永远不要失去这些品质，那样，无论你们遇到什么样的困难，都会所向披靡，无往而不胜。

与父母亲、爷爷奶奶和兄弟姐妹朝夕相处160多天，

追求有尊严的幸福生活

虽然这是增加亲情的难得机会，但其实并不容易。由于年龄的差别父母子女之间会有代沟，由于知识背景的不同对许多问题的看法难免分歧，闭居一屋的时间久了，亲人之间也容易产生感情的裂痕。我看到有报道说，"疫情过后，离婚率暴涨"，据说有的民政机关门前，还排起了离婚的长队。夫妻之间尚会疏离，其他亲人之间更难免龃龉。同学们能够这么长时间与家人和睦相处，而且顺利完成了学业，这表明在同学们的身上还拥有一种十分可贵的品质，这也是我今天特别想强调的一种人类美德和基本价值，它就是包容。

说起包容，我们北大的学子应当再熟悉不过了。北京大学之所以在中华民族的文明史上，特别是在中国现代化的历史上，有其不可取代的独特地位，与蔡元培校长当年倡导的"思想自由，兼容并包"的精神密不可分。包容成就了母校的伟大。因为包容不同的思想观点，形成了自由宽容的学术环境，当时的北京大学得以吸引一大批引领学术潮流的杰出学者，成为包括马克思主义在内的各种现代思潮的集散中心。正是由于蔡元培先生的这种"思想自由，兼容并包"的治校理念，使得北京大学校园内各种观点相互碰撞，各种思潮相互激荡，科学的真理愈辩愈明，"德先生"和"赛先生"的种子开始在中华大地生根开花。完全可以说，母校之所以能够成为马克思主义在中国的最早传播地，成为伟大的新文化运动的中心和五四爱国运动的发源地，在相当程度上都得益于蔡元培先生倡导的这种包容精神。

大家知道，包容是人的一种境界和心态，意味着一个人能够容忍不同的观点，接纳不同的事物，宽恕别人的过失，超越个人的恩怨。因而，包容自古就是一种美德，受到高度的赞赏。其实，包容之所以能够成就伟大，还有更为丰富和深远的意义。

包容是人类团结合作的心理基础。顾名思义，包容就是包含和容纳不同于自己偏好的人和事物。每个人都有自己独特的利益和偏好，接纳有利于自己的事物，喜爱与自己价值观和审美观相同的人，这是人之常情，也不是难事。而认可和接纳与自己的利益相悖、偏好相左的人与事，往往很不容易。但是，这样的包容恰恰是一个健康的人和健康的社会所必需的。道理很简单，人与人之间、群体与群体之间、民族与民族之间，利益和价值不可能完全相同。人与人之间要和睦相处，群体与群体之间要合作共存，国家与国家之间要和平共处，都离不开相互包容。包容是人类文明进步的必要条件。

包容的本质是人类的博爱。人与动物的重要区别之一，在于人类不仅仅只顾及自己的利益，还要顾及他人及共同体的利益。因而，一个完整意义上的人，不应是一个极端的利己主义者，而应当富有对他人的爱，对民族和国家的爱，对整个人类的爱。一个人的境界越高，他所爱的范围就越广，他的包容心也就越大。如果一个人只爱那些有利于自己的人和事物，只爱那些与自己的性格和爱好一致的人，只爱那些与自己的审美观和价值观相似的人，只爱那些与自己的地位、背景、族群相同的人，那就是一种狭隘的爱，不是真正的博爱与大爱。真正的博爱和大爱，自然会拥有包容的心态；真正的包容，也自然会滋生出博爱的情怀。

包容是对他人的尊重。两年前给你们学长的毕业致辞中，我曾经倡导同学们要追求"有尊严的幸福"，我把人的尊严视同人之所以成为人的本质特征，强调不能为了某些世俗的利益而失去做人的尊严。什么是尊严？尊严就是个人的价值和地位获得他人和社会的尊重。人与人之间的相互尊重，是保障人类尊严的基本条件。尊重他人的选择和偏好，是文明进步的体现。有人哭时要允许有人不哭，有人笑时要允许有人不笑，有人赞扬时要允许有人批评。真正尊重别人，就要认可并接纳别人与自己在个性、观点、地位、学识、财富、信仰、族群等许多方面的差异，换言之，就要包容别人在利益、价值、品性、思想、偏好等方面的不同。离开了人与人之间的包容，也就难有人与人之间的尊重。多一份对他人的包容，就是多一份对他人

6. 包容成就伟大

的尊重。

包容是内在的力量。只有内心强大的人，才敢于接受不同的人和不同的事物对自己的挑战。所以，包容绝非软弱无力，而是内在的坚强有力。我在报上看到过这样一则真实的故事：一个喜欢打架的小伙子，有次在运动中不慎被人绊倒在地。绊倒他的行人赶紧扶他起来并连连道歉说"对不起"，可小伙子不依不饶，向对方连踹带打，一顿拳脚。对方始终没有还手，只是劝小伙子以后不要再打人。几天后，小伙子的父亲出了交通事故，叫来警察处理。前来处置的警察一到跟前，小伙子傻眼了：这不就是那位被自己打得嘴角出血的行人吗？警察也认出了他，知道他此时在想什么，便说：那天你打人，我是可以拘留你的。但那样你会留下案底，对你的前途产生负面影响，所以我宽容了你。小伙子事后发自肺腑地说："我一直以为我击败了别人，其实是别人用包容帮助了我。"包容背后其实是力量！

包容是自由与活力。我们政府管理学院的宗旨是："传扬政治文明，引领学术新潮，培育优秀公民，造就卓越领袖。"我完全相信，同学们当中有不少人日后将成为各行各业的领军人物。如果将来你是一位领导，那么包容就更加重要。包容与自由常常不可分离，对他人包容，就是给他人自由。包容自己的同事和部下的不同观点，就可

追求有尊严的幸福生活

以营造一种自由宽松的内部环境，那会使一个单位或部门内部充满活力，从而极大地激发人们的创造性。容纳个体的差异，鼓励选择的多样性，做到古人倡导的"和而不同"，这正是包容的积极效果。当你们成为领导时，一定要明白这样一个道理：发展需要包容，包容才能发展。小到一个单位和部门，大到一个地区和国家，只有包容性的增长与发展，才是可持续的增长与发展。

同学们，包容至大，包容至强。新冠肺炎疫情不仅没有阻挡你们学业的进步，而且锤炼了你们身上坚强、忍耐、自信和包容的品质。只要你们拥有这些宝贵的品质，那么，你们在人生的道路上就将风雨无阻，勇往直前，一步一个脚印地实现自己的理想目标。这也是我对同学们的衷心祝福，祝福你们毕业后努力跨越各种荆棘坎坷，拥有美好幸福的未来！

6. 包容成就伟大

在 2020 年北京大学政府管理学院毕业典礼上致辞

代表学院接收 2020 届毕业生的纪念礼物

追求有尊严的幸福生活

与北京大学政府管理学院 2020 届国际毕业生合影

第二部分

辩护人生

未名湖·博雅塔·夏

【题记】 从上大学开始，走路与读书就成为我日常生活不可或缺的内容，至今不变。我在这里所说的走路和读书，不仅仅是普通的行走与阅读，还包括着更广泛意义的学习与进步。2021年4月28日，我应邀参加了家乡绍兴市的全民阅读盛典"越读越有味·全民读好书"活动，并在开幕式上做了一个题为"读书每有新发现"的主旨演讲。我在演讲中说，我喜欢读书，偏爱学问。读书对我既是学习，也是享受。在读书中加深认识，解开一个个的学术之谜；在读书中感悟人生，使自己一步步地前行。"古人说：'书中自有黄金屋，书中自有颜如玉。'我说：书中自有健康身，书中自有欢乐心。"我在演讲中所说的读书，其实有两个方面的含义：一是就学，从小学、初中、高中，到大学、研究生和博士生，每一阶段的读书生涯，都是自己人生的一个新阶段，都会提升自己的人生体验和感悟；二是学习，阅读每一本书，参加每一场学术研讨会，从事每一项专题研究，都会有新的发现，都会增长自己的知识。收录在这一部分的几篇小文，十分零散，没有系统，也难以分类，但大体上不出上述两个方面的内容。《走路》《要有一根筋》《出国忆今昔》谈的是我上大学和研究生时的一些体验；《圣人养贤以及万民》《仁者有寿智者有福》《博爱是一种境界》，则分别是对一篇文章、一本编著和一套文集的阅读心得体会。这些杂文虽然散乱，但也既反映出我努力感悟人生，享受学问的内心世界，也反映了时代的变迁和人生的历程。

三都中学教书期间散步时常路过的小山村

7. 走路[*]
——绍兴师专忆往

像许多同学一样，对我来说，母校绍兴师专，是人生的重要驿站。有了这个驿站，我才得以从一个地道的山村农民变成都市的知识分子，从一个生产队干部变成专家学者。在师专学习的时间还不到三年，但这三年对我的意义远远超越30年。三年中要说的事很多，其中有一件在许多人看来可能很不起眼的事，于我来说却印象至深，很值得说一说。这件事便是走路。

走路是人生的第一课。人一生下来便首先得学会走路，会走路才能自立，才能正常地生活、学习、工作。如果把人的一生当作通向事业的旅程，那么上大学学习，也是学会走路的一个环节。不过这不是我在这里想要说的走路，我这里所说的走路，完全是原始意义上的行走，包括

---

[*] 原为纪念母校绍兴文理学院百年校庆而作，后收录于许学刚主编《我们的足音》（浙江人民出版社2009年版）一书。

追求有尊严的幸福生活

散步、行路、疾走和漫游。除了上课、睡觉、吃饭之外，母校三年中最经常的事就是走路。多的时候，一天会有三次长时间的行走：早餐前的晨跑或疾走，午饭后的散步，再加晚饭后的长走。每天两次的走路是常态，每天走一次的情况反而很少见。即使是雨天，也少不了打着伞在淅淅沥沥的雨声中悠然行走。走路是我在母校期间的生活方式，走出了许多的趣味，走出了不少的名堂。

我出生在农村，刚进师专时农村的改革还没有开始，家里极其贫穷。父亲年轻时就重病在身，只算大半个劳动力，母亲是民办老师，也只算半个劳动力，加起来总共一个多点的劳动力。当时每个劳动力一天还不到1元钱的报酬，要养活全家七口人，其贫困状况可想而知。全赖国家的全额资助，否则我根本上不起大学。记得当时每月的菜金是6元钱，我还想在这6元钱中省下一二元来买点书什么的，吃饭总挑最便宜的菜，加上我本来也不吃肉，这就不可避免地出现了青春期的严重营养不足。我在大学三年期间，瘦得真叫皮包骨头。有几位关心我的大哥大姐同学，多次悄悄地问我：你是不是有什么病？然而，我不但没有病，而且身体出奇的棒：一天只睡五六个小时，照样精力旺盛，浑身是劲。用时下流行的话卖个乖：那健身的秘密是什么呢？答曰：走路。我在校期间通常每天走路在四五公里以上，常常是疾走。疾走或慢跑，其实有一个很流行的洋名，费孝通先生译为"脚勤"，英文是"jogging"，被公认是最简单有效的健身方式。30年前，我当然没有听说过这样的洋名，更没有人告诉过我，疾走有利于健身。纯粹是歪打正着，在"前现代"时期做了一件"后现代"的运动。走路走出了健康。

我上师专时，已经做了近三年的地道农民，还是生产队里负责科技和植物保护的干部，也算是有一定社会经验的社会人了，与现在的"从家门到校门，从校门到机关门"的"三门干部"很不一样。但从年龄上说，也才19周岁，按现在上大学的年岁标准看还不算太大。这正是人生中一个情重泰山、义薄云天、意气风发、挥斥方遒的年龄，好义结金兰，多莫逆之交。现在的好朋友中，好几位都是当年大学时代的"恰同学少年"。细细数点一下大学时代的同窗好友，竟然发现基本上也都是当年的"走友"。在大学期间，多数情况下，走路不是独自行走，而是结伴而行。几个同学一招呼，便争先恐后地行走在田间山野的乡间小路上，一边行走一边高谈阔论，谈理想谈人生，谈家庭谈国家，几乎无所不谈。谈着谈着，常常会争吵起来，吵得脸红脖子粗；走着走着，还经常动起手脚，你一拳打来，我一脚踢去，现在老同学相会时还会提起当年的"全家脚""陈家拳"。古人说的"青春作伴好还乡"，在我们这里变成了"青春作伴好行走"。走路走出了友情。

追求有尊严的幸福生活

现在的绍兴文理学院，已经是一所相当现代化的本科大学，从硬件上与国内一流大学相比差距已经不大。漂亮的校园，完善的设施，优秀的教师，众多的成果，无不展示着母校今日的风采。但当年的绍兴师专，地处偏僻的攒宫，原先是一所监狱。我们住的宿舍，不久前还是犯人的牢房。多数老师也都刚从中学选调上来，教学图书设施连一些好的中学都不如。学习条件之差，恐超出了现在大学生的想象。但是，当时同学们的刻苦好学精神，恐怕更是现在的大学生所难以想象的。食堂排队买饭菜时，许多同学手中除了拿饭盒外还拿着书籍和笔记本，边排队边读书学习。晚上在校园里幽暗的路灯下，经常可以看到一些同学正在借光阅读。许多同学甚至出去走路都不放过学习。外出走路时，经常带着书本或课堂笔记。走着走着，便在水库边或山脚下坐下来，打开书本开始翻读。或者干脆是一边走路，一边背诵外语单词或经典文章。按照字义来讲，这才是真正的"走读"，我自己也是"走读"群体的一员。早晨慢跑至数公里之外，回来时则改为慢走，边走边读书，边思考，边欣赏周围的湖光山色。许多当时在学校里没有开设的课程，许多在学校里没有选修的外语，许多人生后来的选择，都是当年在母校周围的走路中获得的。走路走出了学问。

当年的母校环绕在有数千亩之大的"东方红茶场"中

间，周围是一片绿油油的茶树，再远处便是荒山野外。离校最近的村子恐怕也有数里地，这种"前不着村，后不着店"的位置，正是当年监狱留下的独特遗产。这一遗产使得我们的走路看起来有些疯狂：由于太孤单，总想走到一个有人的地方，去看看外边世界的精彩。经常一走就是十几里地，一走就是一个下午。"文化大革命"期间，浙江省有一个"农业学大寨"的先进典型，是绍兴的上旺大队。这个村离师专足足有十四五里地，却是我们经常光顾的地方。我们见证了这个村怎样从当年的生产队集体经济，转变为家庭联产承包责任制。攒宫离绍兴县城有五六十里地，校门口有长途汽车可到城里，但三年学生期间我从来没有去乘坐过，而是走路到好几里地外的码头，坐小船到城里。这一方面是因为坐汽车比坐船要贵两三倍，舍不得多花几毛钱；另一方面也是更喜欢多走路。到轮渡码头要走过好几个村庄，可以沿途领略绍兴乡村的风土人情。当时国家刚开始强制推行计划生育政策，我也是在走路中最早知道这一基本国策的。有一次远足到十几里地外的一个山村，见墙壁上贴着一张令我们既觉得好笑又感到惊讶的告示，我现在还记得告示的内容："村民陈某某，又生一儿子，造成无计划生育，罚款一百元。"告示的行文令我们个个乐开了怀，而罚款100元更使我们相互咋舌：快抵得上我们在校一年的生活费了。走路走出了见识。

追求有尊严的幸福生活

在师专的最后一个学期,大学生活还没有结束,我就随七七级大学毕业生报考了研究生。考完厦门大学的硕士研究生后,我便离开母校,被分配到老家诸暨的三都中学,边教书边等待厦大的录取通知。虽说离开母校后自己的身份从学生变成了老师,但是走路的习惯却一点没有改变。三都中学在数个村落中间,周围没有青山绿水,但几里地外有一座小山。每天傍晚我便穿过村子,来到山脚下走路。这时没有了昔日的同学,只能独自一人走路了。走着走着,有一天我的跟前忽然冒出一位老人来。他先自我介绍说,他是这里的看山人,就住在山里。接着他说,傍晚几乎没有人会独自到山里来走路,他看我孤身在山里转悠了好几天,不禁感到奇怪。"我以为你有什么事想不开,怕你寻短见,这些天一直悄悄地跟着你。"听了他的话,体会到老人对一个陌生生命的深切关爱,我非常感动。此后,我便与这位章伯伯成了忘年之交,直到老人去世。我也是章伯伯山居里的唯一常客。每次走完路后便在他那里喝喝茶,还不时从他那里拿些散发着泥香的鲜花和果蔬。你看,走路走出了奇遇。

我离开母校快 30 年了。这 30 年间我不知走过了多少路,说得夸张一点,足迹已经遍及祖国的大江南北,世界的东西半球。但印象最深的,还是母校期间所走过的路,因为那是青春的脚步,它所发出的是青春的足音。

7. 走路

绍兴师专校园外景

追求有尊严的幸福生活

大学毕业照

8. 要有一根筋[*]

每个人对母校都会有一种特殊的情感。我对北大究竟有一种什么样的感情呢？猛然相问，倒很难答出一个所以然来。再仔细想想，这种感情就像小时候踏过的山水和玩耍过的伙伴一样难忘，姑且就称作"家乡般的感情"吧。

北大跟我的家乡还真有一种特殊的缘分。我是浙江诸暨人，诸暨属于绍兴，我也可算作绍兴人。有四位在北京大学历史上有着独特地位的校长，都是绍兴人。1912年5月，京师大学堂正式改为北京大学。当年12月，何燏侯（1873—1961）任北大校长，他是诸暨人。北大历史上最有影响的校长当数蔡元培，他是绍兴人。北大那位铁骨铮铮的校长马寅初，是绍兴嵊县人。北京大学历史上担任校长职务时间最长的蒋梦麟先生，也是绍兴人（蒋梦麟的出生地余姚，历史上一直属于绍兴，1949年后才归属宁

---

[*] 原载《北京大学校报》，2009年5月5日，第1186期。

波)。今年是伟大的五四运动90周年，1919年5月4日那天在赵家楼冲锋陷阵并最先命名"五四运动"的那位北大学生、后任清华大学校长的罗家伦，是绍兴人。还有我的业师赵宝煦先生，也是绍兴人。其实，我认识最早的北大老师并不是我的导师赵宝煦先生，而是著名的法学家龚祥瑞先生。龚先生是浙江宁波人，也和我算是浙东大同乡。记得20世纪80年代我研究生毕业后在厦门大学哲学系教书，有一天忽然接到一封寄自北京大学的信件，打开一看，是素昧平生的龚祥瑞教授写来的。龚先生早年是英国工党著名思想家拉斯基先生的入室弟子，他的来信也与这有关。他在信中说，读到我在《厦门大学学报》上发表的评述拉斯基国家理论的文章，知道国内还有人在研究拉斯基的思想，感慨很多。此后我与龚先生便一直有联系，直到他去世。

按照现在的通行说法，只有在北大读本科才能称为北大人。那样说来，我还算不得是北大人，因为我只在北大读了一个博士，时间是1985年至1988年。但我总是把自己看作北大人，不仅如此，而且对北大怀着一种特殊的感情。这种感情至深，一直影响到了我女儿：她今年考大学，除了北京大学外，都还没有想过要报考其他学校。前些天我一位在清华大学任领导的老朋友劝女儿报清华，她也无动于衷。我太太都埋怨我了：都是你闹的，女儿现在都一根筋要上北大。

说起一根筋,我倒认为一个人也好,一所学校也好,经常需要这种"一根筋"的精神。想想我自己对母校之所以会有一种家乡般的感情,主要的原因恐怕就是在自己心目中一直有一根北大的"筋"。我所认可的北大这"一根筋",就是母校对知识与学问的尊重,以及自由与宽容的氛围。

大学是研究学问、传授知识的地方,它培养社会的各种专业人才,最受尊重的应当是学识而不是官位。蔡元培先生在1917年就任北大校长的演说中提出:"大学者,研究高深学问者也。"在1918年北京大学的开学演说词中,他又重申:"大学为纯粹研究学问之机关,不可视为养成资格之所,亦不可视为贩卖知识之所。学者当有研究学问之兴趣,尤当养成学问家之人格。"赵宝煦老师在回忆他在西南联大的学生生涯时,谈到著名政治学家、时任政治学系主任的张奚若先生。赵先生今年已经是87岁的高龄了,他记忆犹新的是,张奚若先生在学生迎新会上这样说,人家说政治系是升官系,经济系是发财系,你要是想升官到我这儿来,我告诉你,你走错了门。你要升官你上中央政治学校去,你到我这里来,当官的门儿都没有。我只能教给你一个读书和研究的方法。

蔡元培校长和张奚若先生的这"一根筋"显然被赵宝

煦先生传承了下来。有两件事我至今难以忘却。一件是，现任科技部副部长的张来武同学当时组建校研究生会，想请我主持研究部的工作，我去征询赵老师的意见。他对我说，你最好一门心思做学问。言下之意，不说自明。我听从他的教诲，在校期间便不再参与任何社会活动。另一件事是，赵先生是解放前参加共产党的老党员，有革命资历，新中国成立之初就任北京大学的系领导。在我从学于他期间，上级曾任命他为中央社会主义学院副院长。这算是一个不小的官职，但他没有干多长时间便辞职回校了。他说，他对那里的一些人和事看不惯，惹不起但还躲得起，这个副院长不干也罢。"一根筋"一发作，他便义无反顾地回来了。想想有些人为了争得一官半职，而无所不用其极，差距何止千里！

赵老师的这种"一根筋"态度也影响了我。我内心十分厌恶那些投机钻营、不择手段想当官的人，也像赵老师那样不怎么鼓励自己的学生去当官，对那些追求科学和真理的学问家和思想家则崇敬有加。由于工作上的关系，我与原西北大学校长、著名历史学家张岂之先生比较熟悉，我对他也格外敬重。一方面是因为张先生是学富五车的前辈学者，是研究中国思想史的权威；另一方面是因为他身上也有种"一根筋"的精神，与他交谈时他对投机钻营官僚的鄙视每每引起我的强烈共鸣。有人还告诉我一件张先生崇尚学问看轻官位的趣事。说有一次西北大学校庆，主持人介绍学校的业绩时大谈培养了多少高官，而不谈培养了多少人才。身为校长的张先生实在听不下去了，居然不留情面离席而去。在"官本位"文化如此浓重的氛围下，这种"一根筋"精神，是何等的难能可贵！

不鼓励自己的学生当官，鄙视削尖脑袋想当官者，当然不是说看不起官员，或者轻视政治家的作用，也不是要去阻止学生从政。大学要培养各种各样的人才，也包括未来的政治人才。研究政治学的人，想必没有人会否认伟大的政治家对社会进步的巨大推动作用。德才兼备、政绩突出、正气凛然的官员，同样受人们的尊敬和爱戴。尽管赵先生鼓励我们做学问，但其弟子中仍然有许多进入了党政部门，成为政府官员。不久前任命为教育部副部长的郝平同学，就是先生的关门弟子之一。先生对郝平学弟一直关爱有加，赞扬不止。我自己虽说一直没有离开学界，但从身份上说，首先也是一名党政部门的官员，赵先生似乎也从未对此有过微词。可见，北大的这种"一根筋"不是不宽容，更不是不通情理。我所熟悉的这些有着"一根筋"的师辈们，恰恰无一例外都是温良恭俭让的谦谦君子，宽容有余，威厉不足。

宽容就是尊重和包容不同的观点、不同的选择，它自古以来就是一种美德。前辈乡贤蔡元培校长当年以"思想自由，兼容并包"的方针治校，留下了千古美名。"思想自由"是一种政治环境，是民主政治的基本条件。"兼容并包"则是一种政治的和道德的宽容，也是一种很高的境界。在我上学时，北大的这种自由而宽容的精神在老一辈先生的身上都可以明显地感受到。我做博士学位论文，用了一种全新的分析框架，几乎没有参考系里哪位老师的研究成果。在当时的知识背景下，引起争议在所难免。参与论文审阅和答辩的张汉清先生、陈哲夫先生、李景鹏先生等，可能并不赞同我的观点，但这丝毫也没有影响他们对论文的评价。之所以提到这一点，是因为据说现在有一种相当不好的风气：学生做论文时要格外注意引述评审人和答辩人的观点，否则可能会通不过。

时下人们在称呼别人时，如果对方的职务带这个"长"那个"长"，那多半就称官职，如果不带"长"，那就称个"老师"，而不管对方是否真是学校老师或曾经做过老师。但在我的印象中，当时我们称系的领导，都不称职务。我在北大国政系就读期间，赵宝煦、张汉清、李景鹏诸位先生都做过系主任或副主任，现在我也想不出来当时若叫他们为"赵主任""张主任""李主任"，他们会是一种什么样子的反应。更有意思的是，对这些当年已可以说是"德高望重"的前辈学者，系里的年轻老师和我们这些研究生，背后居然都对他们"宝煦""汉清""景鹏"

地直呼其名。是对这些老师不尊重吗？当然不是。是发自内心的尊重，外加平等和亲切。

说着北大的这些事，想着老师们的这种"一根筋"，有一种既遥远又亲近的感觉。毕竟过去二十四五年了，整个国家发生了翻天覆地的变化，北大也不例外，许多东西或许已经时过境迁了。但北大依然在未名湖畔的燕园里，指导过我的那些老师也都在八九十岁上下了，一个个都健在，有几个还精神矍铄，记忆中的这些事又仿佛并未逝去。母校的这"一根筋"应当还在吧？

追求有尊严的幸福生活

在北京大学做关于"全球民粹主义"的演讲

在未名湖散步时偶遇香港理工大学同学,因曾在该校演讲被同学认出后一起合影

8. 要有一根筋

参加北京大学研究生教育一百年庆典暨第二届"研究生学术文化节"开幕式,并做题为"要有一根筋"的主旨报告

主持著名英国学者约翰·基恩的学术报告并与其对话

9. 出国忆今昔[*]

无论从时间的意义上还是从空间的意义上，我们都可以说，伟大的改革开放翻开了中国历史的新篇章，不仅深刻地改变了中国历史的进程，也在相当程度上改变了世界历史的进程。我们这一代人有幸成为改革开放全过程的经历者、参与者和见证者，不仅亲身经受了改革开放前后中华民族命运的转折，也亲身经受了中国与外部世界关系的颠覆性变化。过去40年间中国社会所发生的革命性变革，不仅体现在国家的经济增长、制度革新和文化变迁上，也体现在个人的日常生活中。对于我们这代人来说，40年来亲身感受的种种沧桑之变，无不言说着改革开放的故事。就拿我自己的出国经历来说，先后相比真不免有隔世之感。

---

[*] 原写于2018年10月3日德国杜伊斯堡–埃森大学访学期间，后收录于叶祝弟主编《一个人的四十年：共和国学人回忆录》（生活·读书·新知三联书店2019年版）一书。

9. 出国忆今昔

小平同志有不少过人之处，我认为最了不起的，就是把对内改革与对外开放作为一个有机的整体，不可分割地联系在一起，并且在中共十一届三中全会后同步推进。在当今时代，没有对外的开放，不可能有实质性的国内改革；而彻底的内部改革，必然要求对外部的开放。对外开放不外乎"请进来，走出去"。"请进来"主要是吸引国外的资本、技术、人才和管理经验，"走出去"则主要是选派大批留学生和专家学者到发达国家学习、进修、访问和交流。以我自身的经历来看，这40年间"走出去"的变化在相当程度上折射出了中国自身的脱胎换骨，以及中国与外部世界关系的沧桑巨变。

20世纪80年代出现了改革开放后第一个出国热潮，出国留学在当时是一件无上荣耀的事情。能够到发达国家留学和访问的，不是相当优秀的才俊，便是其家庭有相当的背景和实力。在大学和硕士研究生期间，我自思没有任何可能性，所以从未做过出国梦。80年代中期，我从厦门大学哲学系来到北京大学国际政治系，有幸成为新中国第一代政治学博士研究生，出国留学的机会也不期而至。当时我跟赵宝煦先生攻读政治学理论博士学位，其间芝加哥大学的著名政治学家邹谠教授来北京大学做访问教授。邹先生与赵先生相识于西南联大，是知己好友。赵先生让我不时去请教邹先生，既了解西方政治学的前沿理论，又听

· 75 ·

取他关于我博士论文选题的高见。邹先生十分关心我的学习与研究,当他得知我是学哲学出身的,而且修过科学哲学和高等数学课程时,就建议我将理性选择理论(rational choice theory)作为博士学位论文的选题。他说,这是西方政治学的前沿理论,研究它就可追踪西方政治学的最新发展。赵先生也同意他的建议,我更是踌躇满志。但当时国内没有任何学者懂得理性选择理论,我只能出国去学习。于是他们商定,博士生期间送我去美国留学一年,并亲自推荐和联系好了美国的大学和指导老师。

但是,当所有前期工作都准备妥当、将要办理正式出国手续时,我自己却翻悔了,决定不去美国留学,也不再把理性选择理论作为论文选题了。为什么会突然放弃梦寐以求的出国机会并变换学位论文的选题呢?原因其实很简单:青年人的理想主义激情!在20世纪80年代国内浓厚的改革气氛熏陶下,我觉得自己应当积极投身于伟大的改革事业,应当关注作为中国社会进步发展之关键的政治体制,而不能把主要精力用于研究纯粹的学术理论。所谓初生牛犊不怕虎,我居然自作主张,把"当代中国政治分析"作为博士学位论文的选题。自己做出抉择后,便准备了一大堆理由,去跟两位先生说明:为什么不想做理性选择理论的研究而改做当代中国政治的研究,为什么要放弃多少人求之不得的赴美留学机会。两位先生都崇尚自由宽容的北大精神，尽管充满惋惜和担忧，但他们都理解并接受了我的选择。我的第一个出国梦便这样烟消云散了。

放弃了学生时代的出国梦后，直到1994年我才第一次踏出国门，那时我已经是中共中央编译局当代研究所的副所长，出国不再是单纯的学习了，而是以访问讲学为主。邀请我的是不久前去世的著名学者、时任美国杜克大学教授的阿里夫·德里克（Arif Dirlik）先生。当时国家的经济还不富裕，外汇储备更是少得可怜，公派出国的经费很少。学者们在国内的收入更低，所以到国外后要在已经低得可怜的经费中省下一些外汇来，买几个电视机之类的"大件"回家，因而，留学生和访问学者们的生活普遍十分窘迫。我当时以"鲁斯学者"（Luce Fellow）身份做访问学者，拿的研究基金比国家公派的要高一些，但同样省吃俭用。当时的汇率大约是1美元兑换10元人民币，而我在国内的月工资还不到200元。随便省点美元，就相当于增加几个月的工资收入。因而，到了国外，我自己也像变了个人似的，在国内从来不算计生活，在国外也开始精打细算了。

记得在杜克大学做访问学者期间，我曾去纽约看望几位公派出国的朋友，发现不少人在中餐馆偷偷打工挣钱。他们再三叮咛，回国不要给别人讲，丢不起这个脸。其实我非常理解他们的无奈，每个月区区几百美元的资助，在物价昂贵的纽约如何生活？看着他们租住的鸡窝般的宿舍，还第一次从他们嘴里听到诸如"外卖""光猛"等新鲜词儿，不胜唏嘘。我的老领导、著名经济学家荣敬本先生多次给我们讲过他那令人伤心的访学经历：他在纽约做公费访问学者时，与四名来自非洲穷国的黑人合租一个破旧的公寓，共用厨房和客厅。有一次，一名同屋发现冰箱里的肉少了一块，竟抓住荣先生的衣襟，质问是不是荣先生偷吃了。荣敬本先生不无感慨地对我们说，贫穷使人屈辱。

出国留学访问的这种经济窘境，到了 21 世纪便彻底改变了。随着国家经济的迅速发展，中国的外汇储备快速增长，超过所有发达国家而成为全球第一。在这种背景下，国家成倍提高了公派留学的资助经费，无需任何外来的补助，也足以维持留学生或访问学者的正常生活。此外，国内居民的工资收入持续增加，物质生活水平大大提高，科研院校的专家学者是收入增长最快的群体之一，绝大多数专家学者已经完全没有必要依靠国外访学的节余来补贴家用了。过去的所谓"大件"，例如电视机、电冰箱、相机等，在国内市场的性价比甚至比国外还高，也完全没有必要再从国外购买了。过去我们在出国时，总是潜意识地把美元等外币换算成人民币来计算各种商品的价格，现在多半不会这样了。过去不敢去餐馆、旅游景点和名牌商店，现在跟在国内一样照去不误。20世纪在发达国家的高档消费场所几乎看不到中国人，现在要是听不到有人讲中文，倒反而要怀疑这是不是高档场所了。

1995年我应邀在德国自由大学做客座教授。当时我不仅在自由大学讲课，也在其他许多大学做演讲，几乎有请必到。这当然有学术交流和传播自己学术思想的目的，但坦率地说，讲课挣钱也是重要目的。德国的学术体制跟美国很不相同，学术演讲大都会有报酬，当时每场演讲200—400马克，这相当于我的数月工资，算是一笔不小的收入。到了现在，情况正好颠倒了，绝大多数国外邀请，我都婉言谢绝。不仅如此，一些演讲费很高的邀请，只要自己不喜欢，便断然谢绝；相反，一些没有报酬的演讲邀请，只要自己感兴趣，也会欣然应允。2011年，我在哈佛大学肯尼迪学院担任高级研究员期间，曾应邀到几所美国著名高校演讲。美国的名牌高校通常没有演讲费或只是象征性地给三五百美元。他们的逻辑是，作为世界著名高校，我邀请你来演讲，就是对你的极大尊重。有几所大学演讲完后要给演讲费，我主动放弃了，因为几百美元不再是个大数字，填写一堆税单之类的东西又实在麻烦。

改革开放初期，我们出国留学和访问的主要目的，是学习国外的先进科学知识和管理经验。我们是本着当学生的态度，去虚心向别人学习的，我们知道自己腹中空空，

追求有尊严的幸福生活

因此往往很努力也很谦卑。相应的，许多西方学者，无论是出于故意还是无意，对出访的中国学者普遍不加重视。在那些讨论和决定学科发展的重要工作会议中，几乎见不到中国学者的身影；在重要的国际学术会议上，鲜有中国学者受邀做大会的主旨发言；在西方国家的名牌大学中，担任全职教授或客座教授的中国学者少之又少。我1995年在德国自由大学做访问学者时，据说全德的华裔教授只有三人，其中两人祖籍中国台湾。那时我在欧美大学访问演讲，经常被问及的问题是：Are you Japanese？我回答说，No, I am Chinese。然后对方通常会说：Oh, you are Taiwanese，让我哭笑不得。之所以会被问及这种不可思议的问题，是因为那时在重要的国际学术交流场合，来自中国大陆的学者实在太稀少了。

在改革开放早期，中国学者出国做访问研究或讲学，不仅其研究成果往往不受重视，有时还不被信任。我曾亲身经历过这样一件事：国内一所著名大学与欧洲一所著名大学有合作伙伴关系，按照两校合作协议，欧洲大学一门关于中国近现代政治的课程由中国大学的教授主讲。中方派出了强大的教授阵容，主讲者均为国内著名学者。然而在期末考试时，中国主讲老师却没有独立的判卷打分权。这种匪夷所思的情况现在当然一去不复返了，中国教授不仅在欧美大学给本科生授课，也给研究生讲课。例如，我这次出访就是以"莫卡托教授"的身份，指导杜伊斯堡-埃森大学的博士研究生。

现在越来越多的中国学者开始出现在重要的国际学术场所，西方国家的著名高校随处可见任全职的华裔教授，在顶级国际学术期刊上中国作者的论文屡见不鲜。在这方面，我自己同样有切身的体会。进入21世纪后，我担任过法国重要智库"政治创新基金会"的国际监事，时任希拉克总统首席顾问的莫诺先生是该基金会的主要成员；担任过"世界经济论坛"议程委员会的理事，世界贸易组织前总干事帕斯卡尔·拉米也是该委员会的理事；德国杜伊斯堡-埃森大学在2008年授予我名誉博士学位，中国驻法兰克福总领事在授予仪式上说，据他所知，这是德国有史以来授予中国人的第十个名誉博士学位。2011年在哈佛大学的中国年会上，我应邀与哈佛大学前校长劳伦斯·萨默斯一道发表主旨演讲。上个月在莫斯科大学举行的全俄政治学家年会上，我也应邀发表大会主旨演讲。好多次在国外大学演讲完后，主办者都对我说，前来参会的听众创造了纪录。这种情景在改革开放初是无论如何也想象不到的。其实我很清楚，自己在西方学界之所以受到重视，主要不是因为我的学术水平有多高，而是因为改革开放使中国变得强大了，整个中国学术界的地位大大提升了。

从我自己的出国今昔对比中，我更多体会到的当然是

追求有尊严的幸福生活

积极进步的一面,特别是中国在国际社会的强大和中国学者在国际学界地位的提升。但毋庸讳言,也有消极负面的东西,主要是西方人对中国态度的变化。我刚到杜克大学时,人生地不熟,当地德尔姆市一位素昧平生的老人汤姆先生无微不至地关心我,几乎每周都要请我到中餐馆吃饭,帮助我解决许多生活中的困难,甚至借车给我学考北卡驾照。我第一次去访问希腊和意大利等国时,向当地居民问路,他们热情得恨不得亲自把我送到目的地。然而,这样的热情友好现在反而日益稀见了,相反,对中国人的冷漠、猜忌,甚至蔑视变得益发多见。国内的媒体总是引导舆论把原因归结为西方国家对中国崛起的惧怕和抑制,我不否认有这方面的原因,但我认为我们也应该从自身找找原因。许多同胞在国家强大以后,出国时表现得财大气粗,忘乎所以,咄咄逼人,不那么尊重当地的文化。一个优秀的民族,应当像一个优秀的人一样,自己越强大,就越要文明理性,仁爱为怀,平等待人。

9. 出国忆今昔

2011年在美国智库布鲁金斯学会发表演讲

2011年在美国杰出华裔社团百人会参加学术活动

追求有尊严的幸福生活

与德国著名中国问题专家、德中友协原主席托马斯·海贝勒教授亲切交流

9. 出国忆今昔

2011年哈佛大学"中国之夜"演讲时的海报

10. 圣人养贤以及万民
——重读王安石《读孟尝君传》[*]

《读孟尝君传》是王安石的名作之一,为历代所传诵和赞赏。世人多从两个角度来赏析王安石的这篇美文,一是文字精练,逻辑严密,是论说文的典范。短短 88 个字,把孟尝君之所以得不到真名士的道理说得清清楚楚。是故,清代沈德潜说此文"语语转,笔笔紧,千秋绝唱"。二是驳世人定论,言之在理,是有名的翻案文章。王安石善于高屋建瓴地看问题,从现象中发现本质,倒因为果,思常人所未思。无论是吟唱风花雪月的诗歌散文,还是议论时政吏治的疏谏奏章,王安石均不乏"千古绝唱"。是故,欧阳修曾有诗赞叹曰:"后人谁与子争先?"

然而,在我看来,荆公此文还有另一层深意:治国需要战略人才。这层意义常被人忽视,却值得历代政治家高

---

[*] 原为《正和岛》内刊的读书推荐语。

10. 圣人养贤以及万民

度重视。

"人才强国""人才兴国",古今中外皆同。国家的兴盛和强大需要各种各样的人才,既需要技术人才,也需要政治人才。但对于国家的领导人来说,最需要的是德才兼备的战略人才。他们应当心怀天下,不囿于一己之利;应当善于治国理政,不限于一技之长。《易》曰:"圣人养贤,以及万民。"作为伟大的政治家和思想家,王安石深谙此理。换一种角度看,孟尝君所收罗的这些"鸡鸣狗盗"之徒未尝不是人才,狗叫鸡叫能学到以假乱真的地步,非常人所能。但王安石认为,孟尝君作为位极人臣的国家领袖,他最需要的是具有雄才大略和社稷担当的战略人才。一旦国家拥有这样的战略人才,那么,弱国可变强国;反之,国家若没有这些战略人才,即使其他人才再多,强国亦可变为弱国。

王安石还认为,政治领袖要拥有杰出的战略人才,自己首先应具有宽广胸襟和雄才大略。如果领袖身边尽是一些鼠目寸光、贪图小利的方士谋臣,哪怕这些谋士有一技之长,领袖本身也难免坐井观天,断不可能成为杰出的政治家。不仅如此,如果领袖所依靠和信任的尽是一些没有战略眼光和政治担当的"鸡鸣狗盗"之徒,那么,具有雄才大略和远见卓识的名士贤达则必定不屑与之为伍,他们会远离权力中心,冷眼旁观政治变迁,甚至反过来消解现行政权的合法性。"鸡鸣狗盗之出其门,此士之所以不至也。"荆公此言,当深思。

【原文】王安石①:读孟尝君传

世皆称孟尝君②能得士,士以故归之,而卒赖其力以脱于虎豹之秦③。嗟乎!孟尝君特鸡鸣狗盗之雄耳,岂足以言得士?不然,擅齐之强,得一士焉,宜可以南面而制秦,尚何取鸡鸣狗盗之力哉?鸡鸣狗盗之出其门,此士之所以不至也。④

【注释】

①王安石(1021—1086),字介甫,号半山,抚州临川(今江西省抚州市临川区)人。宋仁宗嘉祐三年(1058)曾上万言书,主张社会政治改革。神宗熙宁二年(1069),任参知政事(副宰相),次年任中书门下平章事(宰相)。王安石以"天变不足畏,祖宗不足法,人言不足恤"名动朝野,并大刀阔斧地推行政治经济改革,是中国历史上最杰出的政治家、思想家和文学家之一。其政治成就使他被称为"中国十一世纪最伟大的改革家"(列宁语),其文学成就使他位列"唐宋八大家"之一。

②孟尝君,名田文(?—公元前279),是战国时期齐国的宰相。史称他"广招宾客,食客三千"。他与赵国的平原君、

魏国的信陵君、楚国的春申君并称为"战国四公子",都以招揽贤士闻名于世。

③"而卒"句:秦昭王十年(公元前297),孟尝君在秦国被囚,他的门客中有善于学狗叫的偷盗者,夜入秦宫,盗得狐白裘,献给昭王宠姬,宠姬因而劝昭王释放了孟尝君。孟尝君逃至函谷关时,昭王后悔,派人来追。此时,天色未明,按规定要到鸡鸣后才能开关放人,此时,又有一善于仿鸡鸣的门客,假装鸡叫骗开关门,孟尝君得以逃回齐国。

④全文89字,堪称古代的"微博体"。

【译文】

世人都认为孟尝君善于罗致有识之士,有识之士便因此都去投奔他,而他则依靠那些人士的帮助,最终得以从虎豹一样狠毒的秦国逃离出来。唉!孟尝君不过是那些鸡鸣狗盗之徒的头目罢了,哪里能够称得上罗致才俊之士?否则,凭借齐国的强大实力,若能有真才实学的人相助,就足以制服秦国而称王,哪里用得上这些鸡鸣狗盗之徒的帮助呢?他的门下多鸡鸣狗盗之徒,这就是真正的人才不去他那里的原因啊!

追求有尊严的幸福生活

在临川王安石故居

11. 仁者有寿智者有福
——在《周有光文集》首发式上的讲话

各位领导和嘉宾,大家好!

首先热烈祝贺《周有光文集》的出版。感谢周有光先生及其家人对我们中央编译出版社的信任,正式授权出版周先生最重要的著作。15卷的《周有光文集》,是至今最为齐全的周有光先生著作文章汇编。感谢中共江苏省委统战部和常州市委、市政府对《周有光文集》出版和本次会议的大力支持,感谢各位专家学者前来参加我们的会议。

我们中央编译出版社近年来出版了一系列既高寿又有影响力的作者的书稿,例如不久前出版的吴敬琏先生文集,吴先生今年84岁,对中国的社会主义市场经济理论做出过重大贡献;去年我们出版了当时95岁高龄的吴江先生的文集,吴江先生是真理标准大讨论的重要人物,对我国的思想解放有过重要贡献。周有光先生当然是高寿作者之最了,今年已经108岁了,不仅是出版界的奇迹,更是整个中国知识界的奇迹和骄傲。常州是人杰地灵、名人辈出的地方，但高寿至108岁且还在思想、写作、出版的名人，恐怕也只有周先生一人了。

周有光先生及其他几位高寿作者，有不少共同之处。他们不仅德高寿长，而且幸福快乐。古人说，仁者有寿。其实，仅长寿并不足以使人幸福，生活还得有智慧才能变得快乐。仁者有寿，智者有乐，这两者结合，才能幸福。周有光先生既是仁者，亦是智者。有仁有智，便既有高寿，又有快乐，这才是幸福的人生。

周有光先生是一位仁者。他为人宽厚，淡泊名利，富有同情，行善积德，是一位好人。周有光先生不仅有一般的博爱慈悲，更有大仁大爱，这就是对国家、社会，甚至整个人类都有一种知识分子和公民的责任感。他不仅以自己的语言学和经济学专业知识为中国的学术事业做出了重要贡献，而且还以自己的思想启迪国人的公民意识，鞭笞腐败堕落和政治愚昧，为中国的社会进步事业贡献出自己的力量。

周有光先生是一位智者。他聪颖过人，博闻强记，学识渊博，风趣幽默，是一位高人。周有光先生不仅有一般的聪明机灵，更有大智大慧，这就是在自己所从事的专业领域有精深的造诣，特别是对中国现代的语言文字做出了独特的贡献。他不仅以自己的智慧，化解了生活中一个又

11. 仁者有寿智者有福

一个的困难和险阻，使自己的人生即使在极其恶劣的现实环境中也保持快乐和淡定；而且以自己的智慧，最大限度地发挥才能和知识，使之服务于社会和人类。

总而言之，周有光先生是知识界的一个榜样，是健康幸福生活的楷模。我希望凝聚着周先生智慧、学识和经验的《周有光文集》能够帮助更多的人们生活得更有意义，更加幸福！

《周有光文集》(全十五卷) 书影

追求有尊严的幸福生活

2013 年在周有光先生家合影，周先生时年 108 岁

在中央编译出版社举办的《周有光文集》首发式上的讲话

12. 博爱是一种境界
——陈祖楠老师《修德求真》读后[*]

恰好在人类历史上罕见的新冠肺炎疫情大暴发前，陈祖楠先生发来他的大作《修德求真》初稿，并嘱我作个序。陈先生是我大学期间的老师，时任绍兴师专中文系主任，后来又成为绍兴文理学院的首任校长，在母校师生中享有崇高的威望。我虽没有直接上过陈老师的课，但作为学生辈，当然不敢有违所托。然而，也正因为我是学生辈的人，又岂敢为老师的大作作序？内心甚是纠结。于是便与绍兴师专的一位老同学相商，老同学说："何不先读完陈老师的大作再做回复？"我便放下手头的其他事务，认真拜读了陈老师的书稿。等我读完大作后，心中便已经有了选择。于是，我给陈老师发了这样一封邮件：

---

[*] 原为陈祖楠著《修德求真》（浙江人民出版社2020年版）一书的"序言"。

追求有尊严的幸福生活

陈老师：

您好！

利用春假，粗粗拜读了您的两本大作，尤其是《修德求真》，感慨良多！大作的字里行间，无处不体现出一个中国知识分子的良知、担当、责任和卓识，而这些恰恰是现实中所特别稀缺的东西。读完大作，不仅增加了对您的了解和敬佩，也知道了不少关于母校创业的情况。例如，我还是第一次知道，2017年曾经有过风则江校区的搬迁动议。整部书稿不仅如实记录了您所经历的事与人，而且坦诚地表达了您对许多问题的意见。书稿若能正常出版，不仅是出版界的幸事，更是知识界的幸事。预计今年母校极可能顺利更名"绍兴大学"，您对"绍兴大学"的创办厥功至伟，大作若能在"绍兴大学"更名时问世，当更有意义。鉴于目前的政治和出版生态，估计编辑还会提出重要修改意见。当大作校样出来后，烦您请编辑直接发我电子版，我会在最快时间寄回读后感言。今年的春节不安宁，请多保重。

我想，序言也可以有多种写法。我不敢为老师写通常意义的序言，但我可以谈谈读后感。一口气读完陈老师的书稿，我确实生出许多的感慨。其中最重要的感慨便是，

12. 博爱是一种境界

陈老师所追求、倡导和践行的这些品德和价值，不正是人类最珍贵的那些品行吗？不正是社会主义核心价值观所倡导的内容吗？也不正是我们时下特别稀缺的东西吗？

譬如博爱。人与动物的重要区别之一，在于人类不仅仅狭隘地只顾自己个体的利益，而是还要顾及他人及共同体的利益。因而，一个完整意义上的人，不应是一个极端的利己主义者，而应当富有对他人的爱，对民族和国家的爱，对整个人类的爱。一个人的境界越高，他所爱的范围就越广。当一个人所爱的范围超出其个人及亲朋好友的私人范围，而扩展至社会、国家和民族的公共范围时，这样的人就是一个高尚的人。陈祖楠老师就是这样一位高尚的人，通篇《修德求真》无不体现着他的这种"家国情怀"。他说，"在花台门的歌声里，埋下了爱家爱国的种子，涵养了我的家国情怀"。他不仅以"心忧家国，责担天下"来激励和要求自己，而且也把它视为学校道德教育的重要目标。博爱绝不是空洞的口号，而必须体现为一个个具体的行动。正如陈老师所说，家国之爱首先要体现在对家乡和父母的爱，对同学和老师的爱，而后才有对国家和民族的大爱。一个人若对身边的人没有同情心，对周围需要帮助的人无动于衷，很难指望他拥有对民族和人类的博爱。

譬如理想。人类理性能力的极致，就是对自身的未来和前景能够做出推理和判断，形成对未来的想象以及追求的价值，即形成人类的理想。人类的生活因为有理想而变得丰富多彩，人类的行为也因为有理想而富有意义。没有理想，人类就没有进取心，没有动力源，没有方向性，没有幸福感。没有理想的人生，必定是惨淡的人生。苏格拉底甚至说，世界上最快乐的事，莫过于为理想而奋斗。陈祖楠老师是一位相当典型的理想主义者，遗憾的是，"理想主义者"在现实生活中竟然成了一个贬义词。陈老师说，"有人说我是理想主义者。人这样说多含贬义，意思是你的想法有很多是不能实现的"。尽管如此，他还是坚持认为，"人不能没有一点理想主义，没有一点理想主义生活会死气沉沉，工作会失去激情"。正是这种对理想目标的执着追求，即使在他人生最挫折的时候，也始终保持着积极乐观的精神；即使在遇到最大的艰难险阻时，也从不失去生活和工作的激情。

譬如包容。顾名思义，包容就是包含和容纳不同于自己偏好的人和事物。包容不仅是一种境界，也是一种大爱。每个人都有自己独特的利益和偏好，接纳有利于自己的事物，喜爱与自己价值观和审美观相同的人，这是人之常情，也不是难事。而认可和接纳与自己的利益相悖、偏好相左的人与事，往往很不容易。然而，这样的包容恰恰是一个健康的人和健康的社会所必需的。道理很简单，人与人之间、群体与群体之间、民族与民族之间，利益和价值不可能完全相同。人与人之间要和睦相处，群体与群体之间要合作共存，国家与国家之间要和平共处，都离不开相互包容。陈祖楠老师身上，这种包容的美德尤其彰显。他不仅善于听取和采纳不同的意见，而且对于那些曾经伤害过自己的人也不计前嫌，甚至对于那些有过重大过错、受过刑事处罚的人，也不排斥和歧视。书稿中有一章"田伟"，专门记述了他如何对待一位"失足"青年的故事，可窥见陈老师的包容心究竟有多大。

《修德求真》一书中所追求和弘扬的价值和美德当然远不止上述三种，这只是我体会最深的三点。此外，对于其中的《很想努力做个好校长》一篇，我也感同身受。2015年，中央正式同意我辞去中共中央编译局副局长之职，回到北京大学担任讲席教授和政府管理学院院长。五年的院长和教师生涯，我更加切身体会到一位好校长的极端重要性。陈老师既担任过分管教育的副市长，又担任过大学校长，对学校教育的认识自是更有发言权。他认为要成为一名"好校长"，应当具备以下诸方面素养：认识教育，热爱教育；热爱学生，把学生当作自己的孩子；重视基础道德教育；重视校风建设；尊重教师，把师资队伍建设当作头等大事；襟怀坦白，无私无畏；脚踏实地，干出成效；独立之精神，自由之思想。作为一名大学教师，我觉得陈老师说的每一点都是"好校长"的必要条件。不过，要我说，对于一名大学校长来说，最后一点可能最为重要。大学不是党政机关，而是一个追求知识和真理的地方。要是唯上级领导的马首是瞻，只允许一种声音存在，没有自由宽松的学术环境，即便给大学更高的行政级别，投入再多的经费预算，也永远不可能造就一流的学府。一个健康的社会，不能只有一种声音，何况大学？北京大学之所以在中华民族的文明史上有其独特的地位和贡献，首先得益于我的另一位乡贤——蔡元培先生的"思想自由，兼容并包"的办学理念。

《修德求真》既非学术专著，更非鸿篇巨制，只不过是陈祖楠老师一生教书治校的亲身体会和感悟，但我却认为对于现下的大学教育和学生培养极有参考价值，值得分管教育的党政领导和高校的书记校长们认真阅读，更值得绍兴文理学院的每一位校友用心品读。

12. 博爱是一种境界

2021 年 4 月，回绍兴文理学院母校时与陈祖楠老校长座谈

第三部分

尊长

未名湖·博雅塔·秋

【题记】 人的一生离不开亲情和友谊。说起幸福生活，人们每每会想到健康的身心、成功的事业、富足的生活、甜蜜的爱情，不少人还会想到权力、金钱、名誉和地位等等，这些要素也确实与幸福生活相关。但是在我看来，如果缺少亲情和友谊，即使具备了上述所有要素，人生同样不会是幸福和完美的。亲情和友谊不仅仅提供人们在感情上的满足，它们也是人们的经验、知识和价值的重要源泉。亲情莫过于父母之爱，父母不仅生我养我，也是我人生的启蒙老师。因此，我纪念父亲的文章更多谈到的是他作为一名普通农民身上的可贵品质，这些品质对我产生了潜移默化的作用。徐雪寒、吴江和罗豪才先生三位前辈，既是我的忘年交，也是我人生的榜样。徐老和吴老青年时期就怀抱救国救民的理想，放弃安逸优裕的生活而投身革命事业，历经各种磨难而始终不改初心，他们是真正的共产党人。罗老虽位居国家领导人的高位，但他从未放弃作为一名学者的本色，而且对我关爱有加。这三位前辈的言传身教，是激励我始终不渝地为推动社会进步而奋斗的重要动力。我跟胡耀邦同志没有任何私人关系，但在我们这一代知识分子的心目中，他是一名具有真正民主意识的党和国家最高领导人，是将政治道德和社会道德有机地融为一体的高尚的人，他为改革开放事业做出的巨大贡献，永远值得我们怀念。张世鹏先生是我的学兄和同事，他身上具备了中国学者的许多优秀品质，如率真、独立、专心和责任，为人幽默风趣，令我久久怀念。

父亲不服老，80岁时见到石磨还想去推一把

吴江先生（左一）与我的博士导师赵宝煦教授（左二）、乡贤汪子嵩教授（左三）是老朋友。20世纪90年代，我专门约请三位前辈学者在北京的孔乙己酒店小聚

13. 花山村的一位普通农民[*]
——纪念我的父亲

  我曾经写过数篇纪念文章，纪念逝去的友人或先贤。他们或是怀抱理想投身革命的忘年之交，或是学富五车满腹经纶的学界同仁。今天是我第一次撰文纪念一位名不见经传的"普通群众"，他既不是党员，更不是官员，只是江南水乡花山村的普通农民。但于我而言，他有着特殊的意义，也特别值得纪念。

  他生不逢时。还是十多岁的孩子时，就被进村的日本鬼子掳走，强迫做随军马夫和苦役。被日军抓走后的30多个日日夜夜，他一刻不忘逃生回家，却屡屡失败。在一个风高月黑的夜晚，这个孩子终于逃脱鬼子的魔掌，凭着惊人的毅力和强烈的回家欲望，在一位素昧平生的他乡同胞帮助下，一步一个脚印，硬是从100多里外的异乡，逃回了老家。这一个多月痛不欲生的折磨，给他留下了终身

---

* 原题为"父亲"，载《同舟共进》2015年第10期。

的疾病。他因此痛恨日本鬼子，以及那些帮助日本军欺凌他的汉奸和伪军。

他的儿子深知父亲对日本鬼子的切齿痛恨，当儿子成为学者后日本的一些大学曾多次邀请他访问讲学，但他始终没有接受。他想，去日本访问讲学会刺痛父亲的心。父亲看出了儿子的心思，他对儿子说：你不要因为考虑我的感受而拒绝去日本访问讲学，现在的情况不同了，你们应当更多考虑中日两国的关系和自己的学术事业。

一介农夫居然能够忘记个人的好恶，而想到国家的大局和年轻一代的事业。可见，"普通群众"的境界，未必见得比党员干部低！

他过了 80 岁仍健步如飞，每天坚持登山，还骑自行车上街。他的听力不好，有一次骑自行车出门时躲闪不及，被后面的汽车撞飞出好几米远。司机赶忙下车，扶老人起来，问他有否受伤，并说："我有急事要办，要不要先留下我的姓名地址并给你一些钱去医院看看？"老人缓缓坐起身来，伸伸腿脚，觉得没有什么大事，便对司机说：没事，你赶快去办事吧。可到了第二天，老人便全身不适，子女们赶紧将他送进医院，他在医院治疗了十几天，花去了数千元，并且身体从此每况愈下。子女问：你记住那个撞人司机的电话没有？他答：我当时觉得身上无大碍，他又急着要去办事，所以没让他留下姓名电话。竟

13. 花山村的一位普通农民

无半句怨言!

在"老人摔倒后要不要去扶他"成为全社会争议的话题时,居然还有这样一位老人,明明被人撞了,首先不是考虑自己是否受伤,而是考虑他人有急事要办!看来,即便在世风日下、人心不古的时候,真正的好人仍不失善心和诚信。

他对自己将不久于人世有一种明确的预感。去世前的数个月,他召集五个子女及其他所有家庭成员,讲了处理他身后事的几个要求,其实也就是宣布了几条遗嘱。第一条是,身后事一切从简,绝不允许搞时下农村中正流行的那些"装神弄鬼"的"道场"和"法事",那是一整套在20世纪50年代的"移风易俗"运动中被废除而在近年中又死灰复燃的传统殡葬仪式。当儿女们说,那样别人还以为我们做子女的不孝顺呢,他却坚持说:如果你们违背我的意愿搞这些我不喜欢的仪式,那才是真正的不孝。他对子女说,如果你们要热闹点,就出钱请村里人看场戏吧。

殡葬是农村中最重要的风俗之一,别说普通村民,就是其他人,有几个敢于冲破这些习俗啊?我想,不俗的农民,常常比庸俗的精英更加文明!

他还有一条遗嘱,是特地对刚从北京大学毕业去美国攻读生物学博士学位的孙女说的。他对孙女的要求是:如果我去世时你在美国,那就一定不要回来,学习更重要。好好学习,学成后回来报效祖国。

孙女听后颇为感动,事后对父母亲说:我在学校上政治课时也几乎没有听说过这样的教导。其实,真正的爱国,常常不在说教!

这个富有个性的普通农民,不是别人,就是我的父亲。他叫俞立才,是浙江诸暨花山村的一个农民。父亲生于1926年的农历腊月,按公历应是1927年1月29日,在2014年7月5日走完了他艰辛坎坷而又知足幸福的一生。

说起父亲的名字,还有一个小故事。小时候听奶奶说,父亲本来应该叫"立财"而非"立才"。因为他出生前后,适逢"江浙战争"爆发。一日,爷爷到河边的草丛躲避激烈的战火,居然意外地捡到了一只灌满银洋的战靴。这笔天上掉下来的钱财对一贫如洗的爷爷来说,来得太突然,也太容易,他便将刚出生的父亲取名为"立财"。我爷爷给爸爸起了这样一个名字,不知是为了纪念这笔"洋财",还是希望儿子一生有财。但"立财"这个名字对于文化人来说,显然太土太俗了点,父亲上学后先生便将其改为"立才"。

一靴银洋来得容易去得也快,家里依然赤贫,父亲便从小就给村里的大户人家放牛,没有条件上学。我们村自然条件很好,有山有水,湖田涝了有山田,山田旱了有湖田，在方圆是出了名的富村，所谓"游遍天下，不如花山脚下"。江浙在中国得近代风气之先，村里的富人在民国时期就捐资办了一所新式学校，还起了一个很洋气的校名："时化小学"，村里的适龄儿童可免费上学。父亲放牛时，常去时化小学旁听。后来，爷爷看他如此爱学习，便在十多岁时送他进时化小学，父亲断断续续读了三年小学。大概在1946年，父亲迎来了人生命运的第一个转折点，他以优异成绩考取了浙江省立初级中学，数学和国文的成绩在全省名列前茅，据说是全省仅有的七个公费生之一。

但好景不长，父亲在杭州的省立初级中学读书不到半年，同学们惊讶地发现，他的肚子变得越来越大，像是有几个月身孕似的。原来父亲患了一种在家乡常见的疾病：血吸虫病。学校便决定让父亲休学治病。然而，对于赤贫的父亲来说，回家后哪有钱治病？爷爷便说，你不是读书的命，还是在家继续放牛干活吧。于是，父亲的命运再次改变，一切又都回到了原点。一身的聪明智慧，失去了最重要的施展舞台。父亲后来到北京我家小住时，跟他在省立中学最要好的几位同学再次见面了，这些昔日的同学后来大多成了著名的专家学者。他们异口同声地对我说：你父亲绝顶聪明，是班上成绩最好的，同学们没有一个不服他，要是不生病休学，成就必定在我们之上。尽管这或许是功成名就的叔叔阿姨们对布衣一生的父亲的宽慰之语，但我听后还是非常欣慰。

1949年家乡解放，新生的社会主义政权建立。父亲出身贫农，又念过几年小学，还在省立中学上过半年学，这在当时是我党最为倚重的农村新生力量。因此，他被委以重任，担任村农会的重要干部。不久，他的血吸虫病也得到了免费的治疗。父亲切身体会到了翻身做主人的感觉，他也终身怀有对共产党的感恩之情。他以百倍的热情投入到了党领导的社会主义建设之中，无论在"土改""合作化"，还是在"四清"运动中，他都站在前列，是农会里的年轻骨干和上级党组织的重点培养对象。

然而，正当他热情真诚地投身于新中国的革命和建设事业时，命运再次捉弄了他。作为村里的主要干部，他的重要职责是开展本村的阶级斗争，批斗和改造地主富农。但父亲的阶级觉悟似乎从来没有真正提高过，他没有打内心去痛恨村里被打倒的那些地主富农。后来他曾经对我说，他觉得有些地主富农并不坏，当年对他们这些长工和放牛娃都很好。因此，每次政治运动要划清阶级界限和批斗"地富反坏右"这些"黑五类"时，他不但不积极，而且还常常为这些"阶级敌人"说些好话。父亲的生前挚友中，也确实有好几位是本村地主的子女，他们因为受到了良好的教育，大都到城市工作。在历次政治运动中，这些地主子女的工作单位，多半都会派人到村里找当年的农会干部了解家庭情况，父亲照例给他们说了不少好话。在这种情况下，组织上觉得父亲的政治立场不够坚定，够不上党员干部的标准。父亲不仅始终未能成为中共正式党员，而且在"文革"前又从农村干部变成了一名"普通群众"。

父亲虽是个地道的农民，但在当时的农村，他也算是一个众望所归的"知识分子"了。不做村干部后，他仍担任过粮站助理员、代课老师、生产队会计等职务。在解放前，我们家还是村里的族长之一。这种双重身份，使父亲成了村里的"乡贤"，享有崇高的威望。村里的公事私事，一旦遇到难题，常常会邀请他出面协调解决。然而，由于长期疾病缠身，不能做重体力活，他倒反而从来没有成为一天挣10个工分的"劳动力"。改革开放前在我们老家，不能每天挣10个工分的男子，常常称不上是合格的农民。从这个意义上说，父亲又不是一个典型的农民。在这方面，他还不如做儿子的我。我17岁就成了生产队干部，一个十足的农村青壮劳动力。

父亲原先是一位典型的旧式家长，但到了晚年，他身上发生了许多戏剧性的变化，旧式家长的作风荡然无存。他开始主动地体恤关爱母亲，也开始倾听并尊重母亲及子女们的意见。这种转变使得父亲变得更加宽厚，他成了一

追求有尊严的幸福生活

父亲生于斯，长于斯的花山村

13. 花山村的一位普通农民

位"文明"的老人,由"严父"变成了"慈父"。不仅儿女们敬重他,孙子孙女们也都喜欢他。父亲一生充满好奇心,也一生好学。最新款的手机到了他手中,不出半天他便会将常用功能搞得清清楚楚。去世前的那年,我送他一个 iPad,他更是爱不释手。父亲的好奇与好学,助他从一个旧式家长变成了一个新式农民,这是父亲晚年得以安享天伦之乐的重要原因。

父亲离开我们快一年了,每当我怀念父亲的一生时,除了感恩父爱,总有许多的感悟。我常常感慨,个人的命运是时代命运的一部分,"普通群众"常常不普通,不俗的农民比庸俗的权贵更可敬。

2015 年 6 月 21 日父亲节
德国讲学期间写于巴伐利亚州
巴特基辛根县(Bad Kissingen)
哈梅尔堡镇(Hammelburg)
欧森塔尔村(Ochsenthal)

13. 花山村的一位普通农民

2008年父亲来京观看奥运会

追求有尊严的幸福生活

14. 高尚是一种力量
——读温总理《再回兴义忆耀邦》有感*

最近这些天,我集中在读中国古代和国外关于人类理想社会的书籍,沉浸于思想家们如何评价伟大的政治家和理想的政治状态。忽然在《人民日报》上读到了温家宝总理回忆胡耀邦同志考察黔西南的文章,激活了我身上一根贯通古今中外的神经:伟大的政治家,其力量不仅来自权力,更来自道义。高尚作为一种美德,对于普通人来说就是一种难能可贵的道义力量,对于政治家来说更是一种凝聚人心,催人奋进,推动进步的巨大力量。每一个伟大的民族、伟大的国家、伟大的政党,都需要高尚的政治家,也都必然会产生出自己的高尚政治家。耀邦同志就是中华民族和中国共产党的高尚政治家,虽然他已离开我们21年,但我们至今仍然能够深切地感受到他身上那种榜样的力量和高尚的力量。

---

* 原载《学习时报》2010 年 4 月 27 日。

14. 高尚是一种力量

要 闻

再回兴义忆耀邦

温家宝

2010年4月15日，《人民日报》第2版·要闻刊出温家宝文章《再回兴义忆耀邦》

考察黔西南，对于党的总书记来说，是一件小事。但一个高尚的政治家即使在这样的小事中，也处处体现着其高尚的一面。高级领导人位高权重，听到的赞歌多，听平民百姓的声音难，体会普通群众的真实生活更难，最大的危险就是脱离实际，脱离民众。一旦获得的决策信息失真，由此出台的政策就会给人民带来灾难。因此，耀邦同志自己非常重视调查研究，也要求大家体察群众疾苦，倾听群众呼声。温总理在文章中说，耀邦同志不仅自己深入学校、机关、家庭，与干部群众座谈交流，而且还让随行人员"微服私访"，生怕地方政府的"精心安排"使他得不到真实的信息。到了兴义，作为总书记的他，照样住在低矮破旧、没有暖气、寒风袭人的招待所里。这些细小的环节，足以说明耀邦同志的调研不仅不是作秀，而且深入细致。当然，从政治科学的角度看，与决策者本人的现场调研相比，科学的决策体制更加重要。但耀邦同志的这种态度和作风，意义更在于他心中始终把人民的疾苦摆在首位，在他身上闪现着一位人民政治家的风采。

政治家的高尚首先当然体现在大是大非问题上，耀邦同志也不例外。在过去的30年中，我们的国家发生了翻天覆地的巨大变化，人民群众的物质生活水平和我们的国际地位前所未有地提高，我们正在大踏步地走向富强、民主、文明、和谐的社会主义现代化强国。他去世前考察过的兴义，现在已经变成一个现代化的城市，连温总理都认不出来了。45岁以上的人大概都能深刻地体会到，我们现在所取得的一切成果，都源于30年前的改革开放。改革开放翻开了中国历史的新篇章，我们至今仍在享受着改革开放带来的甜蜜果实。邓小平同志领导的改革开放，使我们党和国家走上了中国特色社会主义现代化的伟大道路。在彻底结束"文革"，平反冤假错案，扭转历史潮流，实行改革开放，迈向中华民族伟大复兴的宏图大业中，耀邦同志真可谓殚精竭虑，无私无畏，鞠躬尽瘁，死而后已。我们这代人都是改革开放的经历者、参与者和受益者，目睹了邓小平和胡耀邦这些改革领袖的风采。这些年来我也常读些记录、回忆或评论耀邦同志的书籍和文章，更加深切地感受到，邓小平同志是改革开放的总设计师，耀邦同志是改革开放的伟大功臣，他们都是中华民族复兴的伟大英雄。

耀邦同志的高尚，源于他对祖国和人民的无比热爱。耀邦同志是一名老共产党员，还一度成为党的领袖。中国共产党代表着最广大人民群众的利益，肩负着把我国建设成为富强、民主、文明、和谐的社会主义现代化强国，实现中华民族伟大复兴的历史责任。按照党的宗旨，除了人民群众的利益之外，党没有自身的特殊利益。热爱祖国，热爱人民，不追求自己的私利，把毕生的心血献给人民的解放事业和改革开放事业，这本来就是共产党人的本色。从这个意义上说，耀邦同志是真正的共产主义者，是中国共产党人中的杰出代表。他一生经历过这么多的政治坎坷和无数次权力名利的考验，但始终把人民和国家的利益放在首位。他内心深处热爱着祖国和人民，他把自己的利益与人民大众的利益融为一体，他对国家的民主富强和人民的幸福安乐有着一种深切的责任感和使命感，并且努力以自己的行动实践着民主进步的理想。对耀邦同志有所了解的人，一提起他大都会肃然起敬。

耀邦同志的高尚，与他率真、坦诚、宽容的品行与秉性密不可分。从有关文献资料中可以知道，耀邦同志是一位很有个性的政治家，这种个性与我们通常理解的政治家很不相同。一般认为，政治家要有所谓的"城府"，而且越深越好，但他没有这样的"城府"，浑身清澈透明，一目了然；政治家要有所谓的"权谋"，而且越老辣越好，但他也没有这样的"权谋"，说话直白，处世简单。耀邦同志十分宽容，特别是宽容与自己意见不同的人，宽容别人的错误。耀邦同志这些与众不同的个性，也被一些人当作他的缺点，说他"口无遮拦""胸无城府"等等。但我不这样认为。在传统政治条件下，这些个性特质也许确实对政治家的权力、地位和作用是致命的。但我们生活在现代社会，生活在民主政治的条件下，这些个性恰恰是难能可贵的政治美德。一个好的官员，一个好的政治家，首先应当是一个好人。好人就应当真诚、坦率、宽容，富有良知，如果连好人都不是，哪来好的政治家？

耀邦同志的宽容，与他的民主精神紧密相关。在现代民主政治条件下，一个称得上高尚的政治家，必须具备强烈的民主精神。一个民主的领导人，不仅要全心全意为人民服务，努力使国家的政策体现人民群众的意愿，而且很重要的是，要真正把自己当作人民的一员，善于虚心听取别人的意见，绝不搞个人崇拜，绝不把自己当作真理的化身，绝不在权力与真理之间画上等号。耀邦同志是党内民主的模范，在他去世前还斩钉截铁地说：民主与科学是我们的唯一出路，我们已经奋斗了70年，还需继续奋斗。

他倡导通过的一些党内生活准则，现在看来还觉得意义非同寻常。例如，规定党内只称同志不称职务，党的各级领导干部一般不题词，等等。我仔细读过《胡耀邦思想年谱》，发现他的讲话和文章充满着民主精神，有时令我都觉得惊讶。一旦发现讲错了或做错了，他马上就会更正，并毫不掩饰地承认错误。这正是传统政治的大忌：领袖即使错了，也不能认错，否则会动摇他的威信。然而，这恰恰是民主政治的基本要求：在法律和真理面前，人人平等。耀邦同志身上的民主精神值得学习，其民主思想更值得弘扬。

高尚不仅是高尚者的墓志铭，也是后继者的动力源。耀邦同志身上的高尚精神，将永远激励当代的中国共产党人和中国人民不畏艰难，不屈不挠，继续推进改革开放大业，努力使国家变得更加民主富强，使人民更加幸福安乐。

15. 穿透心灵的人格魅力
——怀念徐雪寒前辈[*]

我认识徐雪寒同志时,他已年届八十,是一位德高望重的前辈,因此,我一直尊称他为"徐老"。认识他不久,我与徐老便几乎成了忘年之交,经常去他府上造访,只要他身体许可,每次都会谈得很久。我们谈论的话题非常集中,主要是时事政治和思想理论,对这些问题我们无话不说。不过,有意思的是,徐老从不跟我说他的过去,我甚至在很长时间内对其光荣而传奇般的经历一点不知。后来才断断续续知道,徐老为党和国家做出过重大的贡献,他的一生是可歌可泣的一生,大喜大悲的一生。

---

[*] 原载《文汇读书周报》2006 年 1 月 22 日。

15. 穿透心灵的人格魅力

徐雪寒先生工作照

一、传奇的经历

《中国大百科全书》"徐雪寒"条目对徐老的介绍是："中国出版家"。想必这是考虑到徐老早年从事过编辑出版工作，并且对中国的出版事业有过不可磨灭的贡献。徐老是"新知书店"的创办人之一，并任书店总经理，去世之前一直担任生活·读书·新知三联书店老同志联谊会名誉会长。此外，他还与陈翰笙、钱俊瑞、薛暮桥等组织中国经济情报社，编辑出版《中国经济情报》周刊，创办《中国农村》月刊。不过，徐老首先是一位职业革命活动家。他出生于 1911 年，1926 年，即 15 岁便加入中国共产党。不久前去世的我国经济学界前辈薛暮桥先生在其回忆录中说，他加入党组织时，徐雪寒同志已经是中共杭州地委组织部长，那年徐老才 16 岁。其实，徐老创办和经营新知书店，也是受党的委托，是革命工作的需要。

徐老还做过党的地下情报工作，一度作为潘汉年同志的副手，出任党在华中地区的情报领导机关——中共华中局联络部副部长，直接参与领导中共上海地下党的革命工作。他自己在"忆潘汉年二三事"中对这段历史做过这样的叙述："1937 年'八一三'上海抗战爆发之后，我第一次见到潘汉年同志。那时冯玉祥将军被任命为第六战区司令长官，指挥津浦线的战事，他通过王昆仑同志，要求沈钧儒先生在全国各界救国会内选派干部去帮助他建立政治工作。由于我曾长期在全救会工作，所以党派我去执行这个任务。临行前，汉年同志约我在钱俊瑞同志家里谈话，关照我在工作上应注意哪些问题。在这以后，我和汉年同志一直没有什么联系。直到 1943 年我到位于苏皖边区盱眙县境内的新四军军部和华中局时，才重新遇见他。一天，汉年同志突然把我找去，告诉我周恩来同志已有电报，把我的组织关系转到华中局，华中局已决定把我分配到联络部工作。当时，党内的风气，对党的工作分配是不讲什么价钱的，我也就同意了。"也正是在华中局联络部副部长任上,徐老代表党中央前往上海探望重病中的邹韬奋,带去毛泽东、周恩来的慰问和资费,而韬奋则委托徐老通过华中局向党中央转交他的一封亲笔信。在由徐老转交的这封信中,韬奋说出了当时石破天惊的一句话:"我死也要死在抗日民主根据地。"

徐老也是华东地区人民银行的前身——华中银行的重要领导人,曾任华中银行的副行长,为发展新中国的金融事业做出过重要贡献。1948年到1949年间,他还奉命赴香港创办了几家银行和贸易公司,其中一些银行和公司至今仍在香港和内地的经济生活中发挥着重要作用。

上海解放后,徐老是负责接管工作的上海市军事管制委员会的重要成员。他作为军管会的军代表于1949年5月27日正式接管旧上海的总海关——江海关(1950年2月16日,按海关总署令,江海关改名为中华人民共和国上海海关)。1948年山东解放后,徐老任华东区铁路管理局局长。1949年6月,华东区国外贸易管理局成立(1950年12月,改组为上海对外贸易管理局),职责为决定华东区对外贸易政策,计划并督导实施,管理全区对外贸易业务及进出口物资调节,徐老出任首任局长。不久,他又被任命为新成立的华东运输部部长和上海铁路管理局局长。1952年,徐老奉调进京,升任中央对外贸易部副部长,负责当时极为重要的我国与东欧国家的贸易。

追求有尊严的幸福生活

徐老还是一位著名的经济学家。他在1934年就参与钱俊瑞等人组建的中国农村经济研究会，开始发表经济学研究文章，晚年结集出版了《徐雪寒文集》。其研究领域涉及工业、农业、铁路、海关、货币、金融、财政、人口等诸多领域，徐老的文章不仅有理论深度，而且针对性极强。薛暮桥先生在论及徐老的经济学研究成果时曾经提出过这样一个问题："有人可能要问：一个中学还没有毕业的青年，怎能写出这样高质量的经济论文？"他紧接着说："我以为答案只有两条：一条是在牢狱中和出狱后认认真真下苦功学习马克思主义，有了正确的理论指导；一条是掌握了丰富的资料，而后者是当时许多理论工作者所严重缺乏的。"[①]

徐老丰富的人生经历的一个显著特征是，他所担任的都是专业性很强的重要职责。难能可贵的是，徐老作为一名毕生投身于革命事业的共产党人，不仅无条件地服从党组织的安排，而且干一行，爱一行，专一行，在每一个岗位上都干得十分出色。徐老的女儿回忆说："听母亲说王昆仑伯伯曾告诉过她，周总理有一次特别表扬了一位为革命干了许多不同行当的同志。说他干一行，钻研一行，并在那一行做出优异成绩。王说，这指的就是父亲。但父亲

[①] 薛暮桥："序言"，见《徐雪寒文集》，中国财政经济出版社1989年版。

从未向我们提起过他的成绩与辉煌。"①

徐老人生的另一面可能更令人悲叹，发人深思。1928年初，徐老16岁时因从事革命活动被捕，在杭州和苏州的监狱中待了六年。1955年后又因"潘汉年案"蒙冤，在北京秦城等监狱中待了十年。"文化大革命"中，他又在"牛棚"和"干校"中度过了大约十年。一生有26年在铁窗或"牛棚"中度过，而且这26年是徐老最美好的青壮年时期。这怎么不使人扼腕长叹！

二、人格的魅力

在我的印象中，徐老并不善于言谈，更少提及他过去悲壮而光荣的经历。他是一位慈祥和蔼的长者，但与他交往却感觉不到年龄的距离；他是一位出生入死的高级干部，但没有丝毫的优越感；他是一位资深的专家学者，但却没有半点学者的矜持与孤傲；他的一生历经坎坷，但依然与人坦诚相见，从不隐瞒自己的好恶；解放后他在秦城监狱被关十年，但也从未听他对此抱怨过什么。与徐老交往，很快会被他吸引，并从内心油然产生出一种敬重的感觉。我想，这也就是人们通常所说的人格魅力所致。徐老

---

① 大妹：《零星的回忆》，载《三联书店联谊简讯·徐雪寒同志逝世专刊》，2005年7月。

是最令我尊敬的前辈之一。一生中特别令人敬重的人总是极少的,而且这样的人往往可遇不可求。就我所知,凡是与徐老相识的人,无论是像我这样的普通人,还是名高位重的学者或官员,都会折服于他的人格魅力。

著名学者吴敬琏先生与徐老相知很深,在徐老病重期间经常前去探望。记得有一次我见到吴敬琏先生,对他说徐老最近在医院里病情有些恶化,他立刻流露出焦虑的神情,并说有些天没有去探望了,要赶快去看看。徐老还对我说起过,中国社会科学院原副院长李慎之先生也经常去他那里,与他进行思想和学术的交流。后来我在李慎之先生纪念顾准的一篇文章中也确实看到,他把孙冶方和徐雪寒两位同志尊称为他所"追随的前辈"①。

现任国务院发展研究中心副主任的李剑阁先生在最近一篇怀念薛暮桥同志的文章中,带着深厚的感情和敬仰的心情谈到了徐老:"给我留下特别印象的是薛老和今年刚刚故去的徐雪寒同志之间至深至厚的友情。徐老比薛老年轻,但在薛老1927年大革命时期入党时,他已经担任中共杭州地委组织部长,时年16岁。在战争年代,徐老从事白区的地下工作,有着传奇般的曲折经历。解放后不久就因为一起新中国成立后的特大政治冤案,长期身陷狱

---

① 李慎之:《点燃自己照破黑暗的人》,载《改革》1995年第5期。

中。当薛老邀请他加入研究中心时,他脱离工作达20多年之久。我与徐老也有不少接触。我感到徐老是一位有着强烈改革意识和历史责任感的老同志。他年轻的时候长期在上海从事地下工作,也曾经在苏北解放区主管经济工作,他不仅具有丰富的实际经济工作的经验,而且对于市场经济有着深刻的认识。晚年的徐老一直密切关注改革的进展。他为改革进展的艰难曲折经常忧心忡忡,甚至郁郁寡欢。我每次看望他,他总是深沉甚至痛切地对我说,中国的改革重担要由你们挑起来啦!他那种忧国忧民的神态,至今仍然让我感到心灵的震颤。"[1]

曾经影响整整几代人的《钢铁是怎样炼成的》,最初是由徐老主持的新知书店出版的。该书的译者之一,新中国成立后任中央广播事业局局长、中国社会科学院党组第一书记、中国大百科全书出版社总编辑的梅益先生在回忆该书的出版时说:"全书译完后,曾把前面三、四章请姜椿芳同志核阅。1942年夏,全书交给徐雪寒同志,在上海新知书店排印出版。当时书店的同志是冒着生命危险完成这一任务的。有一次,搬运纸版的老师傅被日本兵扣押,关了起来。最后全书在1942年上半年出版。"人民文学出

---

[1] 李剑阁:《悠悠百年沧桑 巍巍一代宗师——怀念著名经济学家薛暮桥》,载《中国经济时报》2005年9月26日。

版社的张福生先生作为新版《钢铁是怎样炼成的》一书的责任编辑在《出版〈钢铁是怎样炼成的〉一书引出的故事》一文中说,看到梅益同志的相关回忆材料后,因为不清楚徐雪寒其人其事,便打电话给梅老。"梅老说,徐雪寒同志当时是上海新知书店的负责人,解放后任外贸部的副部长,后受'潘汉年案'牵连。记得当时梅老说到徐雪寒,用的是一种非常尊重的口吻,说他为革命做出了大贡献,主持出版了许多重要的革命书籍,在当时可是冒着杀头的危险"[①]。梅老自己就是一位德高望重的前辈学者和革命老人,以一种敬重的口气提及徐老,可见徐老在其心目中的分量之重。

三、执着的追求

徐老的人格魅力,来源于他对理想的执着追求。徐老13岁上中学开始便投身革命,最初主要是参加街头的游行集会,15岁加入中国共产党,此后便走上了职业革命者的道路。晚年他对女儿说,他当年参加革命的直接动机,就是看不惯穷人的贫困和帝国主义的凶残。用通常的话来说,就是希望国家能够独立富强,人民能够安居乐业。徐

[①] 张福生:《出版〈钢铁是怎样炼成的〉一书引出的故事》,载《人民政协报》2004年8月12日。

老一生经受了这么多的磨难,不仅意志没有消沉,而且对进步事业的追求,对人民大众的热爱,对民族复兴的责任,一点也不因曲折的人生道路而有所减少。

我感受最多的,是徐老对现实的深切关怀。在徐老身体健康的时候,我每次去看望他,他总要求我带上些重要的文章和书籍材料,并不时让我讲讲社会中发生的大事小事,讲讲老百姓的生活和民情,讲讲我对现实政治经济的看法。每当我谈到一些让百姓真正受益,并得到百姓真心拥护的改革举措和政策制度时,他就会情不自禁地开怀而笑;当对他说一些使群众利益受到损失,从而为群众所不满的政策制度时,他就会痛心疾首。我发现,每当社会的现实与他所追求的理想相背时,其疾恶如仇的个性便十分张扬。例如,每当说到社会上一些严重的腐败现象,某些干部对百姓的欺压和社会的一些不公正现象时,他就会变得极其愤怒。记得有几次谈到社会的一些消极现象时,徐老的悲愤之情几乎难以自制。家人对我说,好几次在我离开他家后,徐老也久久不能平静休息。后来,为了不影响他的健康,我只好渐渐对他"报喜不报忧"了,有意识地少提甚至不提负面的消息。

徐老早年从事经济问题研究,是一位经济学家。但在我的印象中,徐老晚年更感兴趣的不是经济问题,而是政治改革。或许这也是他为何喜欢与我交谈的一个重要原因。他常常对我说，政治的进步是最深刻的社会进步，对中国社会来说尤其如此。只有政治上的民主，才会有真正的社会繁荣。没有高度的民主，就谈不上中华民族的复兴。他说，不讲民主的人绝不是真正的共产党人，共产党就是追求自由、平等、人权的党，他参加共产党就是因为这个原因，他毕生为之奋斗的也正是这些价值。徐老从亲朋好友中对西方发达国家有广泛的了解，每当与我谈到我们的国家与发达国家的种种差距时，他就会流露出相当焦虑的心情，徐老身边的人都能体会到他对于在自己有生之年难以实现少年时代的理想的无奈心态。用薛暮桥同志的话来说，"历史使他患了一定程度的忧郁症"。

改革是徐老晚年唯一的关注。比起因同一冤案而遭牢狱之灾的潘汉年和杨帆而言，徐老是幸运的。潘在平反前就含冤而死，杨则一度精神失常。徐老晚年亲身参与了改革开放，并且目睹了改革开放为我们国家所带来的翻天覆地变化。复出后的徐老，凭着自己的丰富经验和渊博知识，不断给中央建言献策。出于他对国家的责任，有时甚至明明知道中央已有定论，也坦诚对中央表明自己的不同观点。例如，修三峡水库，他明知自己的意见与中央不合，但他还是要将自己的意见提出来，他说这是他的责任。徐老对改革过程中出现的一些波折，常常是心急如焚。有人回忆说，当听到邓小平同志的南方讲话后，这位

"老资格的经济界权威人士徐雪寒抱病参加了会议,这位年逾古稀的老人家颤抖着说,我等邓小平这个讲话等了三年了"[①]!

作为一名老资格的共产党员,徐老信奉马克思主义。他之所以信奉马克思主义,原因其实很简单:在他看来,马克思主义有助于中国广大劳动人民的解放,有助于中华民族的独立富强,有助于中国人民的自由平等。他几次让我谈谈对马克思主义的总体看法,我也很坦率地对他谈了我的马克思主义观。我说,马克思主义的最高命题或根本命题,就是"一切人自由而全面的发展"。共产党人的所作所为,归根结蒂就应当是为"人的自由而全面的发展"提供政治、经济和文化的保障,最大限度地有利于"人的自由而全面的发展"。因为根据马克思的观点,共产主义社会就是"以每个人的全面而自由的发展为基本原则的社会形式"。因此,坚持马克思主义,首先应当坚持马克思主义的这一根本价值和最高命题。衡量一种理论和实践是否是马克思主义的,必须看这种理论和实践是否符合马克思主义的这一根本价值和最高命题。马克思主义是关于人类解放的科学,但它首先要求解放处于社会底层的劳动大众,

---

[①] 田惠明:《1992年,中国历史上极不平凡的一年》,见 www.hsm.com.cn,1993年1月。

因此，真正的共产党人应当以最广大的人民大众的利益为依归。在谈及理论界关于人道主义的争论时，我说，马克思主义当然不是历史上一般的人道主义，但马克思主义同样强调"以人为本"。因为"以人为本"，实质上就是充分尊重人的个性、尊严和权利，将人民的利益放在最优先的位置，促进人的全面发展，它是马克思主义关于"人的自由而全面的发展"的题中之义。徐老对我的解释深以为然。

四、无尽的探索

探索人类进步的理想，追究社会发展的真理，寻找中国富强的道路，是贯穿徐老一生的红线，无论是在领导岗位上，还是在监狱牛棚中。要探索真理，就要不断学习。徐老好学，即使在狱中也不放弃学习。他只有中学文化程度，但却写出了一篇篇掷地有声的学术论文，成为知名的经济学家。他是在监狱中学习完《资本论》和社会科学基础知识的，所以，他把自己称为"牢狱大学"的毕业生。他在牢里抓住一切机会学习经济知识，思考和分析当时的中国社会经济问题，出狱后，发表了一系列研究中国社会经济的文章。他还在狱中学习了日语，出狱后，从日文翻译了《德国社会经济史》和《社会科学小辞典》两本书，并在最负盛名的商务印书馆和中华书局出版了这两部译著。20世纪50年代前期他主管对东欧国家的贸易,又在繁忙的工作之余自学俄语。他女儿回忆说,"'文革'后期至80年代初工作不太忙时,为了以史为鉴,他还抓紧时间读中国的"二十四史"。只要没有工作任务,没有家务活,没有朋友来访,他总是手不释卷的"[1]。在晚年,徐老执意要把这套伴他度过无数个日日夜夜的"二十四史"送给我。作为晚辈和后学,以我的学识和贡献,我深知没有任何资格接受这份厚重的礼物,但我更知道徐老在这份礼物背后寄予我的深情厚谊,所以,我把它们整整齐齐地排列在书架中最引人注目的地方。睹物思人,现在每当我看到这套"二十四史",就像看到徐老本人一样亲切,同时也感到有一种无形的力量在催促着我,去努力完成徐老未竟的事业。

徐老是一位富有独立思考精神的学者型领导,这种思想上的独立性一方面既赋予他出众的才能和真知灼见,但也在一定程度上导致了其曲折的人生经历。他在《徐雪寒文集》的"后记"中说:"我自己认为有一个优点,就是真实。自信每为一文,都是从'不唯上,不唯书,要唯实'出发的。"[2] 独立的思考,深入的观察,正确的方法,使得

---

[1] 大妹:《零星的回忆》,载《三联书店联谊简讯·徐雪寒同志逝世专刊》,2005年7月。
[2]《徐雪寒文集》,中国财政经济出版社1989年版。

追求有尊严的幸福生活

徐老对许多问题的认识十分深刻,发表的文章常有深邃的见解。薛暮桥先生曾这样高度评价徐老早期的学术研究:"雪寒同志在一九三四年到抗日战争爆发前夕写的文章题材十分广泛,包括了工业、农业、铁路、海关、市场到货币、金融、财政等各个方面。这些文章的中心思想是:一、揭露帝国主义的经济侵略如何扼杀中国的民族工业,加剧农村经济破产;二、英美日帝国主义如何瓜分中国的市场,攫夺中国铁路、海关、货币、金融、财政等的主权;三、军阀割据和内战如何造成市场的分割,并与封建势力相勾结,加剧对广大农民的压迫和剥削。一九三六年,英美帝国主义用高价收购白银,迫使中国废止银本位制,改变为依附于英镑和美元的法币。这一场错综复杂的斗争,是一般人不易觉察的。雪寒同志运用马克思主义理论,结合丰富的史料进行科学的分析,具有很强的说服力。这一部分著作随着作者学识的增长,愈到后来愈精彩,特别是《殖民地化过程中的中国工业》、《英美共管中国货币吗?》、《美国经济考察团到华以后》和《列强对华投资问题》等篇章,确具真知灼见,对了解当时经济情况很有价值。"[①]

1981年,徐老的冤案终于得以平反,他又能过上正常人的生活。他复出后的职位是国务院发展研究中心的常务

---

① 薛暮桥:"序言",见《徐雪寒文集》,中国财政经济出版社1989年版。

干事,这一职位为他的研究和思考提供了许多便利。他便利用这个机会系统地从事经世致用的经济学理论和对策研究。晚年,徐老有两项研究引起了经济学界的关注,并对中央的决策产生了积极的影响。一项是对人口和计划生育的研究。刚复出后的 1981 年,他就发表了两篇有关人口问题的论文,后来又继续写了两篇关于人口控制的文章。徐老对 30 年来有关人口理论的研究做了极其认真细致的综合比较,指出了人口和计划生育政策对国家发展的极其重要性,坚决主张对人口进行控制,同时反对部分地区对计划生育"开小口子"的政策,认为那是中国重男轻女封建思想的遗毒,长期下去将对中华民族产生严重后果。现在广大农村地区严重的性别比例失调,充分说明了徐老在 20 世纪 80 年代发表的这些观点的远见性。他于 1982 年 2 月发表在《人民日报》的"坚决贯彻农村人口政策"一文,对当时的理论和政策都深有影响,该文也被我收录于《大陆改革开放 20 年论文选》的"社会经济篇"。

另一项研究涉及上海的开发。徐老是党内最早主张上海全面开放的决策智囊之一。他早年在上海从事党的地下工作,为党办过公司,当过"老板",做过贸易,对上海的优势及其在中国近代经济中的地位有十分清晰的认识。他竭力主张及早开放和开发上海,要对上海"松绑",给上海以政策的便利,使上海能够更快地学习国外的先进管理经验和先进技术,从而更好地服务于全国。他在《发展商品经济,改造和振兴上海》一文中指出:"上海人灵得很,只要有正确的政策,能够自己解决自己的问题。所以政策的关键,是要解脱发展商品经济的束缚,使上海人的长袖能够舞起来。"因此,"上海要把对外开放摆在重要位置上,面向世界,服务全国。如果不能通过对外开放,不能吸取世界之长,消化吸收创新提高,就不可能服务好全国,就不能起到上海应起的作用"。在他看来,如果能够给上海以特别的开放政策,那么上海的经济就会腾飞。对上海的经济发展程度不能用一般的标准衡量,而要有更高的标准:"着眼于祖国的统一,有必要和香港、台湾比。"[1]所幸的是,徐老的这一建议引起了当时中央领导的重视,很快就被采纳。现在反观上海,尤其是浦东,在改革开放后所创造的经济奇迹,证明徐老的研究多么地具有预见性!

徐老的一生,是求索的一生。他是在探索中渐渐失去知觉,静静离开人世的。今年4月27日,徐老以94岁的高寿,走完了他非同寻常的人生道路。古人有言,圣人之所以成为圣人,是因为身上有一种浩然之气。圣人的时代已经过去,现在我们再也不需要圣人。但那种天下为公的

---

[1] 《徐雪寒文集》,中国财政经济出版社1989年版。

15. 穿透心灵的人格魅力

胸怀,无私奉献的精神,不畏艰难的品质,刚正不阿的个性,不屈不挠的追求,我们永远需要。一个人身上如果拥有这些德行,这个人身上就自然会透出一种浩然之气。这种浩然之气,在徐老身上我能强烈地感受到。我们这个多灾多难的民族,之所以能够自立于世界之林,之所以能够在困难中进步,之所以能够有光辉的明天,就是因为总有一批像徐老这样的人。他们从内心深处热爱着祖国和人民,他们把自己的利益与人民大众的利益融为一体,他们对国家的民主富强和人民的幸福安乐有着一种深切的责任感和使命感,并且努力以自己的行动实践着民主进步的理想。所有这样的人,都令人肃然起敬,他们的精神将永存于世!

追求有尊严的幸福生活

徐老生前把这套他最珍贵的"二十四史"赠送给我，我把它放在书架的正中。睹物思人，现在每当我看到这套"二十四史"，就像看到徐老本人一样亲切，同时也感到有一种无形的力量在催促着我，去努力完成徐老未竟的事业

16. 这才是中国的马克思主义者
——悼吴江同志[*]

2012年11月13日中午12时40分,资深理论家吴江同志以95岁高龄驾鹤归西,按他浙江诸暨老家的算法,他应当是96岁了。他仙逝前三天我去人民医院看望他,那时吴老已经不能说话了,但脑子仍然清醒,他紧紧地握着我的手,努力想跟我说些什么。他已经为这片土地和这个世界付出了太多太多,就在2012年初他刚奔96岁时,还亲自审校出版了生前最后一本著作《吴江别集》。我实在不忍心让他再付出更多,于是便说:"吴老您不要说话了,我说给您听。"我将最近国内外发生的一些重大事情简要地告诉了他,并对他说第二天我要去迪拜。我相信那时我们彼此都已经明白,这将是我们的诀别。

---

[*] 原载《文汇读书周报》,2013年1月11日第5版·特稿。

追求有尊严的幸福生活

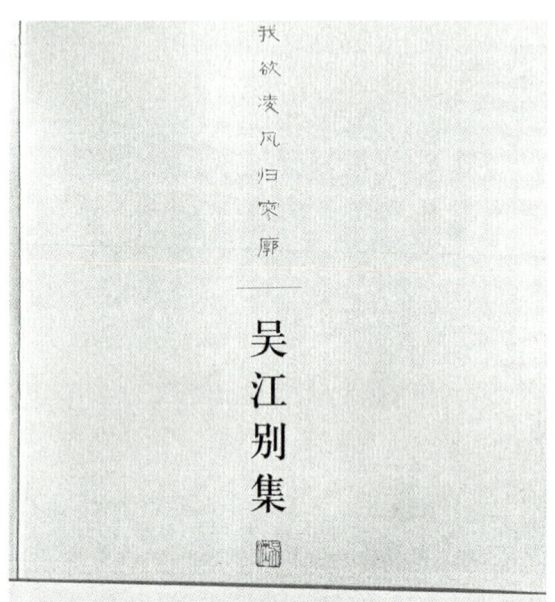

吴江先生仙逝当年出版的著作,他自己特意在封面书名上标注"我欲凌风归寥廓"

16. 这才是中国的马克思主义者

当我在迪拜接到家英兄告知吴老逝世的噩耗时，虽然并不感到意外，但内心仍然震撼无比。吴老是我为数不多的忘年交之一，我的这些忘年交多半都是年轻时怀抱救国救民的崇高理想投身革命事业，虽一生坎坷但依然不停地追求真理。他们品行高洁，一身正气，人格独立，思想深刻，并在各自的领域都曾对党和国家做出过重要的贡献。这些忘年交在近些年中一个一个离我而去，现在吴老也走了，他的仙逝给我一种莫名的惆怅。吴老的逝去带走了一个时代，一个中国老一辈马克思主义理论家的时代。

在我的心目中，吴老是一位真正的中国马克思主义者。

对于今天的许多年轻人来说，"马克思主义者"并不是一个什么令人赞赏的称号。相反，不少人对某些"马克思主义者"心生厌恶，唯恐躲之不及。但对于许多像吴江这样的老一辈共产党人来说，"马克思主义者"是一个崇高的名称。依照中共党内的惯例，"杰出的"或"伟大的""马克思主义者"只能属于党的领袖，其他人则多自称"马克思主义者"。针对"马克思主义者"称号的滥用，吴老曾专门著文不无谦虚地说，他自己至多是一个"马克思主义信奉者或马克思主义研究者"。不过，我还是要说，吴老算得上是一位在中国土地上成长的典型的马克思主义理论家和思想家，一名创造性的中国化马克思主义者。

吴老没有上过大学,不是科班出身的学者。1938年,他以一名文学青年的身份投奔延安,并在1939年进入鲁艺的"文学研究班"学习。但进入解放区后,他的兴趣逐渐从文学转向理论。新中国成立后,吴老开始系统研究理论问题,特别是马克思主义哲学问题。20世纪50年代,吴老曾任中国人民大学哲学系主任,并长期担任《红旗》杂志的专职编委。从那时起,马克思主义理论研究成为他毕生的职业和事业。他一生中有近20种著作,其中最重要的著作,都与马克思主义相关。例如,他晚年十分用心的《社会主义前途与马克思主义的命运》和《马克思主义是一门大史学》两书,都是深入研究马克思主义的专著。吴老是带着坚定的信仰去研究马克思主义的,他始终相信,在迄今为止人类的众多思想体系中,马克思主义是最科学的理论。进入21世纪后,英国BBC广播公司有一个"千年思想家"问卷调查,马克思被评为"千年最有影响的思想家"。当吴老知道这个消息时,真可谓欣喜若狂。他先是求证这一消息的真实性,然后便广为引用和传播这一消息。他试图以此来证明马克思主义没有过时,并希望有更多的年轻人信奉马克思主义。他的《马克思主义是一门大史学》一书的副标题,就叫作"和青年朋友讨论马克思主义"。尽管这样的"青年朋友"似乎并不多,但他仍不放

16. 这才是中国的马克思主义者

过任何可能的机会，鼓励年轻人重视马克思主义研究。

在我接触过的形形色色"马克思主义者"中，像吴老这样信仰执着、激情满怀、研究精湛者真是凤毛麟角。很多人虽然将"马克思主义"挂在嘴上，但看得出这些所谓的"马克思主义者"既无信仰也无研究，只是将其当作谋取功名的手段而已。然而，现实政治常常是如此的无情和吊诡：吴老这样一位终其一生信奉并研究马克思主义的中共资深理论家，他的若干著作，竟然难以在中国大陆出版，或者在发表后因某些权威和领导的干预而要求"停止发行"。也许是对现实政治太了解了，每当遇到这样的情况，吴老自己倒反而没有什么激烈的反应。而我则每每无比愤懑：怎么能如此对待这样一位富有创见的资深理论家？激愤之下，我常常自告奋勇地要求出版吴老的"敏感"作品。吴老一生最重要的著述编为《吴江文稿》三卷，就是我直接负责策划和出版的，这是我近年深感欣慰的事情之一。

科学与信仰通常难以调和，但吴老力图将科学与信仰融合于马克思主义之中。他信仰马克思主义，但不迷信马克思主义教条。他的马克思主义是鲜活的和现实的。他自己曾经是教条马克思主义的信奉者和受害者，晚年则致力于破除教条马克思主义的流毒。他反思马克思主义所获得的新认识便是："如果不恢复作为一门人类社会发展史学的马克思主义本来面目，研究马克思主义不采取历史的科学的态度，相反地采取教旨式的引经据典的教条主义态度，则马克思主义将丧失其自身的品格而不成其为科学或科学方法论。"本着这种科学态度，他提出了许多在"正统"马克思主义看来颇为"离经叛道"的重要观点。例如，他将马克思的思想与列宁的理论区别开来，认为列宁的许多观点离开了马克思，斯大林则进一步离开了列宁。到了中国，我们所接受的其实许多是斯大林主义的东西，而不是原来意义的马克思主义。他坚信"自由人的联合体"才是马克思所设想的共产主义的真谛，因此，自由是社会主义不可或缺的要素。据此，他还提出了"自由社会主义"的重要概念，以区别于"苏式社会主义"和"民主社会主义"。

吴老从小追求进步事业，怀抱救国救民理想。他19岁参加了中国共产党，从1937年参加中共直至1990年离休，吴老亲身参与了50多年的中共政治生活，加上"离而不休"的晚年，其政治生涯长达六七十年。在相当一段时间中，他作为中共高层的重要笔杆子身处政治旋涡的核心地带，正如他的自传书名所称，这真是《政治沧桑六十年》！在60多年的政治生涯中，他为中共理论事业做出过许多重要贡献，其中彪炳史册的首数直接推动和参与了作为改革开放前奏曲的思想解放运动和理论界的拨乱反正，

16. 这才是中国的马克思主义者

特别是真理标准问题大讨论。1978年，吴老调任中共中央党校理论研究室主任，协助胡耀邦创办思想解放运动的旗帜性刊物《理论动态》，是耀邦同志当时的主要理论助手。他是最早质疑"继续革命理论"和讨论真理标准问题的理论工作者之一，也是"实践是检验真理的唯一标准"文章的修改者和定稿人之一。真理标准问题大讨论和思想解放运动，直接导致了使中华民族迅速崛起的改革开放时代的到来。吴老常说，能有这一重大事功，此生足矣！也许是太看重对社会进步的贡献了，吴老对自己的不幸遭遇似乎并不放在心上。在那场思想解放运动后不久，便发生了"反自由化"和"清除精神污染"运动，吴老的命运也急转直下。1982年，胡耀邦辞去中共中央党校校长职务，继任的党校主要领导立刻责令吴老离开中共中央党校。甚至在离开党校后的1983年，吴老仍被当作"精神污染"的"重点清查对象"。2008年，中央有关部门在人民大会堂召开了隆重的大会，专门纪念真理标准大讨论30周年。包括我本人在内的许多理论界人士参加了会议，我寻遍会场每个角落，没有发现吴老的踪影。事后我一直不敢当面问吴老：是他一贯地淡泊名利不喜欢参加此类会议，还是他压根就没有受到相关部门的邀请？

马克思是大学问家，他的思想之所以影响如此深远，很重要的原因是他善于吸取人类文明的最新成果，马克思的思想没有离开人类文明的大道。马克思与现在国内的许多"马克思主义专家"不同，他有广博而深厚的哲学、经济学、历史学、政治学和社会学知识。国内的某些"马克思主义专家"似乎并不需要这些知识，他们自成体系，仿佛是真理的化身，拿着棍棒和帽子，高高在上地评判着谁谁是"马克思主义者"，谁谁的观点不是"马克思主义的"。吴老对这种现象深恶痛绝，他认为这些人和事都是在败坏马克思主义事业。他自己在离休后还如饥似渴地学习哲学社会科学的最新知识，大量地阅读哲学、历史学、政治学和社会学书籍，对全球化和信息化的趋势了然于心。70岁之后，他还专门研究起中国传统文化来，发表了多篇研究成果，结集出版了《文史杂论》。吴老是一位博学的马克思主义者。

吴老追随马克思主义，归根到底还是为了实现他少年时代的梦想，即中国社会的进步和中华民族的复兴。吴老秉承中国士大夫经世致用的传统，他的马克思主义从来不是书斋式的清谈，而是具有强烈的现实关怀和实践取向。不说离休前他全身心地投入现实政治，即使在离休"赋闲"后，社会上大大小小的热点问题几乎都在他的视野之中。他为民主法治呐喊，为文化复兴献策，为"西部开发"倡言，为"居家养老"叫好；他批判封建专制的遗毒，警示官员腐败的危害，担忧集中专权的恶果；他关注

"三农"问题、民营企业和老龄问题,反对大学的行政化,讨论人的"死亡体验";他还积极参与"中国模式"和"普世价值"的讨论。在个别问题上我与他的观点不一,例如我曾面陈关于"普世价值"的不同看法。吴老不见得接受我的意见,但也不以为忤。他始终直面问题,不尚空谈,表现出强烈的社会责任感。他说,"套话空话最烦人,此等古训宜常读"。吴老是一位实践的马克思主义者。

吴老兴趣广泛,除了读书研究外,他还有许多雅趣,我印象最深的是作诗和集石。他的诗气势磅礴,富有哲理和政治色彩。例如,谈到自己的胸怀和未竟之业,他有诗曰:"积案文稿心安在?一支破笔难清尘";"马列真理何处寻,是非功过赖争鸣。红场霸业烟飞去,今日满朝说创新。"为纪念改革开放30年,他作诗说:"改革奇功日日新,人称盛世已来临。蜿蜒方阵游龙步,知否民间两极分?"在95岁时,他回顾自己的政治经历,用一首长诗来抒发自己的感怀,其中有云:"革命之路不平坦,是非难分祸称福。真理在握唯一人,万岁脚下皆奴仆";"千年古国改非易,封建幽灵深潜伏。民主之路不畅通,改善民生力不足";"但愿日日听潮声,不愿夜夜闻鬼哭。"

吴老晚年酷爱石艺,收藏了各色奇石。他非常细致,对每一块藏石,都亲自做了详细的记载,说明它的来历和品质。有一年我去雅典,在卫城脚下拣了个漂亮的蛋石,送给吴老。我说，这块石头上很可能留着苏格拉底、柏拉图和亚里士多德的足迹。他居然郑重其事地做了托架，摆放在那些名贵石头中间。我知道，他珍惜的不是这块小石头，而是我的这份情意以及对古希腊先哲的敬仰。他把自己的书房称为"冷石斋"，这生动地反映了吴老自己的个性：冷静、坚强、质朴。

吴老这一代延安时期的老革命，经历了这么多腥风血雨的政治运动，没有人能够逃脱坎坷的命运。但吴老始终是一个豁达的乐观主义者。他独立的人格、刚直的品性，使他不宜在官场从政，他便顺势投身理论研究，乐在其中。他虽无权势，但以其强大的理论功力助推思想解放和改革开放，功载历史。他从不奴颜婢膝，不为官和利所动，在思想的海洋中自由畅行，冷观世间百态。他健康长寿，儿孙满堂，家庭幸福，尽享天伦之乐。这样的"马克思主义者"，谁不景仰？

16. 这才是中国的马克思主义者

作者与吴江先生在其书房"冷石斋"合影

17. 仕而优则学
——追念罗豪才老师*

受人尊敬的北京大学政府管理学院名誉院长罗豪才先生在戊戌年即将到来之际,溘然而去,享年83岁。从大的方面说,罗先生曾任第九、第十届全国政协副主席,是著名的法学家和社会活动家,在2001年至2015年间长期担任北大政府管理学院的院长,他的逝世是我国学界和政界,特别是北大政府管理学院的重大损失。从小的方面说,罗先生曾以全国政协副主席的身份多次出席由我负总责的"中国地方政府创新奖"和"中国社会创新奖"的颁奖典礼等重要学术活动;且一直担任我院的名誉院长,就学院的发展战略不时向我提供指导,他的逝世对我个人所从事的工作,也是重大的损失。

在认识罗豪才老师很早之前,我就有幸参与过他主持的课题研究,并受过罗老师的恩惠。20世纪80年代中期,

---

* 原发于"北大政治学"(微信公号:PKURCCP)2018年2月24日。

17. 仕而优则学

我在北京大学国际政治系攻读博士学位。其间的某个暑假前，法律系的一位同学问我是否愿意翻译国外关于残疾人的法律资料，并说这是一个急活儿，但翻译报酬也较高，每千字可达十几元。那年夏天我准备结婚，正缺钱度蜜月，便欣然答应。经过几天没日没夜的工作，我翻译了数万字，最终拿到了800多元译酬。这在当时是一笔不小的报酬，因为那时年轻老师的月工资才100多元。有了这笔钱，我的新婚蜜月就算相当的"奢侈"。后来才知道，罗老师就是这个残疾人立法研究课题的负责人。

正式认识罗豪才老师时，他已经是全国政协副主席。从2000年起，我主持"中国地方政府改革创新研究与奖励计划"，以北京大学中国政府创新研究中心等三家单位联合组织发起了"中国地方政府创新奖"。这是中国历史上第一个对政府行为进行评价和奖励的学术奖，为了体现该奖项的学术性、独立性和权威性，除了设置科学而严格的评估标准和程序外，在最终的颁奖环节，我们特地邀请一位在学界和政界均有良好声誉的国家领导人为获奖者颁奖。在罗老师任第九届全国政协副主席时，我代表组委会登门邀请他出席颁奖典礼并致辞。罗老师不仅爽快答应了邀请，而且与我一见如故，建立了深厚的情谊。从此后，我们便一直保持着密切的联系，他对我的工作给予了强有力的支持。

"中国地方政府创新奖"每两年一届，先后共举办过八届评选。该奖项以其科学性、学术性、独立性和严肃性，成为在各级党政部门和政治学界影响广泛的品牌性奖项。该奖项的成功，离不开罗豪才老师的大力支持。以现职国家领导人的身份参与社会活动，在中国从来都是一件不容易的事情。但只要没有特殊情况，每次颁奖典礼，罗老师几乎总是有邀就到，给各级地方政府的优秀改革创新者以极大的鼓励。除了"中国地方政府创新奖"之外，罗老师对我负责的其他重要学术活动也总是热情支持。例如，为了鼓励民间组织的社会创新，我曾组织发起国内第一个关于社会创新的国际研讨会，并邀请罗老师以全国政协副主席的身份为大会致开幕词，他也欣然应允。罗老师不仅对推动我国的政府创新，而且对推动我国的社会创新做出了积极的贡献。

我一直就有辞去官职回到学界的想法，并就此专程登门征求罗老师的意见。罗老师不仅十分理解我的选择，而且热诚欢迎我回到母校工作，还亲自向校领导做了郑重推荐。2015年底，我终于辞去中共中央编译局副局长职务并调至北京大学政府管理学院任教，实现了我"仰望星空"，回归学术的夙愿，罗老师是其中最重要的助推者之一。罗豪才老师作为政府管理学院的首任院长，为学院的发展做出了无可取代的独特贡献。在我临回北大之前，校领导又决定请我接替罗老师担任政府管理学院院长，当我婉谢这一任命时，罗老师又给了我诚恳的劝导和热情的鼓励。卸任院长后，罗老师应我和北大领导的邀请担任名誉院长，继续对学院的发展和我的工作给予特殊的关心，他的支持是我做好院务工作的强大动力。

罗豪才老师担任过许多重要职务，一身兼任多个角色。除了担任北大政府管理学院院长和全国政协副主席外，他曾是北京大学法律系副主任、北京大学副校长、最高人民法院副院长、致公党主席和中国人权研究会会长。我认为，在所有角色中，其最本质的角色是一名学者、一名教师。他的最大贡献，是他的学术思想和观点。他开创了中国的行政法学研究，提出了行政法的平衡理论，倡导并推动了"软法"研究，试图构建中国特色的人权理论体系。令我印象特别深刻的是，罗豪才老师的上述主要学术贡献，多半是在他担任全国政协副主席后做出的。

当然，学术研究是一个逐渐累积的过程，罗老师晚年的学术成就是其厚积薄发的结果。但据我与罗老师的接触和我对他的了解，更重要的原因是，在担任国家领导人以后，他不但没有放弃自己的学者身份，沦落为唯权力是图的庸俗官僚；相反，他利用其显要的身份和更加便利的条件，一方面继续深化原来的学术研究，另一方面又根据在新的岗位上接触到的新问题，创造性地提出新的观点，从而使其学业更加精进，思想和学术上升到了一个新的境界。

追求有尊严的幸福生活

我与罗老师第一次见面时,他已是全国政协副主席。但在此后我们的长期交往中,罗老师给我留下的主要印象,不是一位国家领导人,而是一位和蔼可亲的长辈学者和负责任的老师。他的勤奋好学和对学术的尊重,不消说一般官员难望项背,就是普通的学者也很难做到。我记忆犹新的是,罗老师每次主动找我,多半是与我讨论学术问题。

罗豪才老师晚年最重要的学术贡献之一,是倡导"软法"理论,主张"软法亦法"。他所说的"软法",实际上就是除"硬法"即国家的成文法律之外的各种规章制度、社会契约、村规民约和章程规则等。罗老师的"软法"理论,与我倡导的治理与善治理论有高度的耦合。按照我的界定,"治理"与"统治"的重要区别之一在于,统治主要依靠国家的法律即"硬法",而治理除了依靠"硬法"外,则主要依靠各种契约,即罗老师说的"软法"。罗老师读了我关于治理与善治的相关论著后,曾数次找我了解治理和善治理论的来龙去脉及最新前沿。这种好学的精神,使我深受感动。

对学问的尊重,是罗老师身上最闪光的亮点之一。在去年的北京大学研究生文化节上,我曾以罗豪才老师为例,说明尊重学问的重要性,以及学术平等与尊重学问之间的关系。我说:"学术平等的实质,是对学问和知识的尊重。一个具有深刻学术平等精神的学者,即使社会地位很高，也同样会平等对待每一个人，尊重每一种学问。我的前任、全国政协原副主席罗豪才老师，有一次托我找中央编译局一位年轻译者，帮他将其一篇文章译成俄文。因为翻译出色，罗老师执意要请那位译者吃饭以示感谢。那位译者对我说，他怎么也没有想到，一名副国级领导人会为了这点小事请他吃饭。"

很多人知道"学而优则仕"，但不知道《论语》把"仕而优则学"放在"学而优则仕"之前。《论语》这样说，必有其深意。按照经典的解释，"仕而优则学，学而优则仕"，意即"做事（或做官）有余力，就应该去学习；学习有余力，就应该去做事（或做官）"。按照流行的解释，意即"做官优秀，就应学习；学习优秀，就应做官"。数千年来，"学而优则仕"一直流行于中国社会，其实际意思就是"学问好的应去做官"，但很少有人强调"仕而优则学"。其实，从现代政治学的角度看，我更愿意强调"若要做官优秀，就要善于学习"。一个善于学习的官员，其思想观念才能与时俱进，从而努力推动改革创新；一个善于学习的官员，才能虚怀若谷，从而不断提升自己的境界；一个善于学习的官员，才能尊重知识与学问，从而永远把自己当作人民的学生；一个善于学习的官员，才能把握社会发展的规律，从而不重蹈历史的覆辙。晚年的罗豪才先生，就是这样一位善于学习的模范领导人。

追求有尊严的幸福生活

2015年11月1日，接任北京大学政府管理学院院长时与前院长罗豪才先生合影

罗豪才先生参加我主持的第七届"中国地方政府创新奖"选拔暨颁奖大会

· 160 ·

18. 学兄、同事、朋友
——忆张世鹏教授*

　　肆虐京城的"721"暴雨刚过，世鹏的追悼会便在八宝山举行。此后，我一直沉浸在对他的怀念中。今天上午，我冒着柏林的严寒，执意寻找17年前在柏林自由大学做客座教授时曾经租住过的地方。我知道，这不仅是对自己年轻岁月的怀念，也是为了重温与世鹏一起度过的欢乐时刻。现在，坐在离开柏林的火车上，对世鹏的回忆，像潮水一般涌上心头，绵延不绝。

　　对于我来说，世鹏是一位志趣很投、坦诚相见、无话不说的学友。我们曾是同门和同事，但更是朋友。

　　1985年我从厦门大学哲学系来到北京大学国际政治系，在赵宝煦教授门下攻读政治学博士学位。那时，世鹏已经在国政系读完研究生，获得了硕士学位。在我完成博

---

* 原首发于中国政府创新网：www.chinainnovations.org。

士学业，即将进行学位答辩时，记得赵老师说，世鹏也可能要提交博士论文一并参加学位答辩。后来世鹏因故未与我一起参加赵先生名下的博士学位论文答辩，而且他也再无意于博士学位。然而，此后，我一直把世鹏视为赵宝煦先生门下的学兄。许多赵先生名下的学术活动，世鹏也确实与我们这些弟子一起参加。在我的印象中，世鹏是赵先生最贴心的门生之一。我离开北大后，正是世鹏兄不时地给我传递一些先生及国政系的消息。

在北京大学任教一段时间后，世鹏调入中央编译局国际共产主义运动史研究所（后改名为"当代世界社会主义研究所"）担任研究员，又成了我的同事。我们虽分别在两个研究所工作，但抬头不见低头见，彼此的交往一下子多了起来。到编译局后，除了做自己的欧洲社会主义研究外，世鹏还额外担任老专家殷叙彝先生的学术助手。其实，这并不是单位的要求，而是世鹏自己的选择。他觉得像殷先生这样的学术权威，年岁已高，身体有所不便，应当有自己的学术助手和秘书，以便更好地发挥其学术专长。这在国外是通例，但在官本位盛行的我国，通常只有拥有一定官阶和职务的学者才有资格配秘书助手。世鹏自己的身体一直不是太好，况且那时他的年龄也已不小，又不是组织安排，在这种情况下，主动担任没有名义的学术助手，做大量琐碎的事务性工作，充分体现了世鹏身上那种敬重先贤、甘愿奉献的美好品德。

初见之下，世鹏给人的感觉是寡言少语，冷峻严肃。事实上，他不仅古道热肠，而且幽默风趣。我是南方人，对北方的生活方式长期不甚适应，对北京的人文历史也知之甚少。世鹏这个"老北京"热情地对我说，要了解北京，须先体验老北京的"三宝"：昆曲、豆汁和恭王府。这"三宝"想必是世鹏自己的发明，但它们也确实在相当程度上代表了北京人的审美、饮食和建筑文化。他还自告奋勇地做了相应的安排，慷慨解囊，买了门票，不仅请殷叙彝先生和我观看了名角的昆曲演出，欣赏了经典的皇家园林，还特地到小巷深处让我们喝了地道的北京豆汁。殷先生与世鹏一样，是铁杆的昆曲票友，而我实在是朽木不可雕，除了恭王府成为常向朋友推荐的"一宝"，不仅欣赏不了高雅的国粹，而且喝了豆汁后直喊上当："这哪里是豆汁，分明是泔水！"此后，我常常拿这件事跟世鹏开玩笑，每当世鹏提出建议而我又不情愿时，我便会说：别再让我喝"泔水"。虽然我的南方农村土气，使我难以享受北京的高雅文化，而内心则永远保存着对世鹏兄深情厚谊的真诚感念。

虽然我与世鹏是同门和同事，交往不少，但真正的相知，还是从德国开始的。1995年我应邀在柏林自由大学东亚系任客座教授，这是当时东亚系专门为北京大学学者设立的一个教席，每年均由北京大学派出一名教授，在自由大学东亚系开设一门课程。在我之前北大经济系的陈振汉教授和国政系的赵宝煦教授先后担任过这一客座教席。当时我在那里讲授中国的现代化进程和"文化大革命"专题。那一年的后半年，恰巧世鹏也应邀在自由大学做访问研究，而且也在东亚系。这样，我们就有许多近距离接触的机会，有时甚至是朝夕相处。当时，我爱人和女儿也在柏林，我们一家都与世鹏结下了深厚的情谊。

世鹏身上有一种兄长的风范。在柏林时，在自由大学求学、访问的中国学者经常有聚会。不仅是我，其他人也都会自发地把世鹏当作兄长，比如现在北京大学的连玉茹教授和陈洪捷教授等，也一样以世鹏为兄长。虽然世鹏确实年长我们几岁，但大家之所以敬重他，年龄不是主要因素，更重要的是因为他有一种兄长的风范：他的身体状况其实是需要得到别人照顾的，可他总想照顾别人，也确实会照顾别人；他总是宽容别人说错话做错事，而自己说话做事则力求方正。那年冬天我去芬兰的土库尔大学讲学，他知道这个位于北极的城市有零下20多度的寒冷，便亲自把他刚买的羽绒长大衣借我御寒。我现在还保存着身穿这件大衣在芬兰拍的"熊照"。他还教给我一道"鸡蛋炸面包"，让我带在路上，既可省钱，口味上也比西餐好接受，这成了我迄今为止屈指可数的烹饪本领之一。有一次

18. 学兄、同事、朋友

1995年去芬兰土库尔大学讲学时穿着世鹏的羽绒大衣，即使在零下20多度的赫尔辛基，也不觉得寒冷

几位朋友约好在我租住的公寓聚餐，世鹏不仅负责整个活动的安排，而且自任大厨，擀面、包饺子不说，还做了几个特色菜，记得其中有"拔丝香蕉"。他安排我去采购猪肉蔬菜，结果让他大失所望：买来的东西既贵还不好。后来，他逢人便说：俞可平不会买东西，只会把两个钱当作一个钱使。

世鹏一直痼疾缠身。不了解世鹏的人，可能觉得他会消极悲观。其实大为不然，他不仅乐观豁达，而且相当幽默，话匣子一打开，简直难以收拢。当然，这一切都只在朋友之间。我跟世鹏在一起，除了讨论学术问题外，其他则多半是两人"斗嘴"，你一枪我一刀，谁也不让，开玩笑几乎没有任何顾忌。他看到我在听流行歌曲，一定会嘲笑几句；听到我的江浙口音念错了普通话，也不免讥讽调侃一番。而我则更甚，经常拿他的身体说笑。他的疾病与空气质量有直接关系，在国外时情况会明显变得好些。于是，我便经常说他"卖国"：到了国外身体都变得好了。我甚至开玩笑说：凡是到国外体重增加的人都有"卖国"基因；而像我这样一到国外体重就下降的人，则最是"爱国"。他不仅从不放在心里，而且见面时的第一句话往往是：我还活得好好的呢。我与世鹏有两次同时出国，偏偏我的行李都曾丢失。巧的是，一从航空公司拿到相应的补偿，丢失的行李便随之送回。世鹏多次揶揄我说，"你一

18. 学兄、同事、朋友

定是故意算计好的",还逼着我传授"经验"。因此，在我的心目中，世鹏不仅是一个包容大度的人，而且相当乐观，对自己的疾病从不消极悲观，更不会影响其研究和思考。今年春节期间我去他家探访，他已经在家里进入了重症监护状态，由他夫人专事护理。但他依然在做他的研究，他说要加紧完成手头的几项课题。我知道，学术是他毕生的兴趣和追求。

这个世界有太多的不应该。像世鹏这样一位才华出众、品质高尚、潜心学术的学者，竟在60多岁就离开了人世。他确实走得太早了，确实不应该这样！世鹏毕生研究的主题，是欧洲特别是德国的社会民主主义。与有些人不同，他研究的主要目的不是为了简单批判和全盘否定，而是为了从中吸取一些合理的东西，让今天的中国少走弯路。我相信，如果真有另外一个世界的话，世鹏一定还会继续与我们一道，去努力探索使中国和世界变得更加美好的道路。

2012 年 10 月 27 日
写于从柏林至杜伊斯堡的 856 次城际快车上

追求有尊严的幸福生活

1995年我在柏林自由大学做客座教授时世鹏兄来我家做客时合影。前排左一是北京大学教育学院的陈洪捷教授（时为自由大学的进修学者），后排左一是北京大学国际关系学院的连玉茹教授（时为自由大学政治学系的博士生）

18. 学兄、同事、朋友

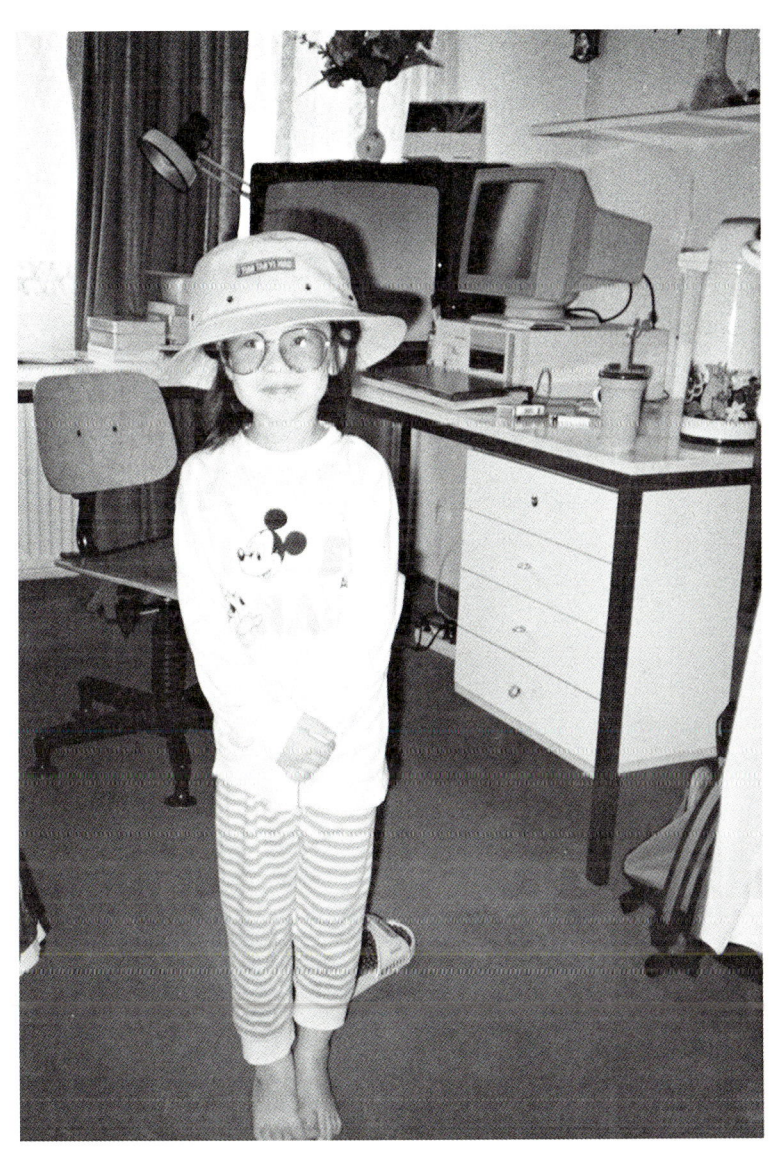

张世鹏教授与我一家都很熟悉，德国访学期间来我家时四岁的女儿戴上世鹏的帽子和墨镜拍了一张"酷照"

第四部分

学术访谈

未名湖·博雅塔·冬

【题记】 在相当长的一段时间内，我曾经一直纠结要不要接受媒体的采访。一方面，一位学者若胸怀推动学术进步和社会进步的责任，那就有必要利用大众媒体的平台，传播和普及社会科学知识，发表自己关于现实和改革的重要观点，以影响公共舆论和政府决策。另一方面，任何严肃的学者又不屑于迎合世俗的观点，不愿成为所谓的明星学者。最后，我找到了一个折中的办法：不接受电视台和网络的任何视频采访，这样就不会成为"明星学者"；除非有重要观点和主张想发布，否则不轻易接受采访；接受访谈时，一般不谈及自己的人生经历和生活工作状况，只发表学术观点和政策主张。在中央编译局工作的近30年时间中，我基本上做到了上述约定。我曾经就推动中国的民主政治、治理善治、公平正义、反腐倡廉、协商民主、政府创新和改革开放等一系列重大的现实问题接受过访谈，其中不少在当时还引起很大的反响。回北大前，我编选出版过两本访谈录，即《民主是个好东西》和《让民主造福中国》，出版社告诉我，这两本书都算是当年的畅销书。回北大后，我将关注的重点从"尘世的学问"转向"天国的学问"，开始集中精力研究诸如"亚里士多德之问"、人类理想政治状态、西周政治、谥法制度、丁忧制度等冷僻的学问，不再就现实问题发表任何意见，加上舆论环境的剧变，媒体对我这种"天国的学问"也不再怀有兴趣，我也乐得清静。但间或也有例外，少数媒体人对我的"天国的学问"和人生经历感到好奇，我也破例接受了采访。这便有了收录在本书中的四篇访谈，它们既展示了我从一名地道的乡村放牛娃转变成大学教授的人生历程，也体现了我从"尘世的学问"转向"天国的学问"的学术关怀。

追求有尊严的幸福生活

在北大政府管理学院首届院友论坛上致辞

19. 乐山乐水，穷理究变*

一、"文革"十年

许金晶：您在"文革"结束的时候也才刚刚成年，您能不能介绍一下您在上大学之前这一段时间的主要状况呢？

俞可平：上大学之前我是地道的农民，是生产队的植保员，算生产队干部。植保员的全称是植物保护员，负责生产队的科技，比如说科学种田，特别是施农药和化肥。所有生产队的干部里头，队长当然最重要，其次就是植保员，所以植保员一般是副队长兼的。那时候我才十六七岁，是生产队干部中最年轻的。在农民伙伴面前显得挺自豪的，这么年轻就能做一个生产队干部，为生产队这个集

---

* 原载许金晶、孙海彦编著：《开山大师兄：新中国第一批文科博士访谈录》，江苏人民出版社2019年版。

体做贡献了。

在做农民之前,我的经历也很特殊,我七岁就开始养活自己。可能讲给现在的学生、孩子们听是不相信的,七岁能干什么呀?但我确实从七岁以后就一直养活自己。我七岁就给生产队放牛,是放牛娃。小半天给生产队放牛,大半天念书,挣的工分虽然很低,大概是2分半,但可以养活自己了。放牛主要是两段时间,一段是早晨,凌晨三四点,最晚4点就要起来,因为在夏季农民清晨5点就要开始干活。牛要耕田,农忙季节凌晨三四点就得起来喂饱它,下午则要提前离开学校去放牛了。用当时的话讲,就叫半农半读。从现在的眼光看,那简直就是违法使用"童工"。

我考上大学的事情,在当地还挺有影响的。不是说我考的成绩多好,而是因为我当时是从田里爬起来就去考试的。那个时候也有一些中学办的短期复习班,但是我根本没有时间去参加复习班,而且也不好意思,那年是夏天考试,夏天是水稻生长的关键时期。我是植保员,生怕因为复习考试而失职,对不起生产队的农民。虽然考上了,成绩不算好,最后被绍兴师专录取了。录取以后也有人说你今年考上了,复习一下明年不是可以考得更好吗?我想还是先上学吧,上大学后还可再努力。

许金晶:我们看像北岛、李陀他们出了一本《七十年代》,讲他们在70年代做知青的时候,就是看禁书、偷偷

19. 乐山乐水，穷理究变

听古典音乐。您说您七岁开始养活自己，那会儿正好是"文革"开始的那一年，在"文革"十年里面，您自己的读书生活大概是怎么样的状况？

俞可平：我这个年龄特别巧，"文革"开始1966年我上小学，"文革"结束1976年我高中毕业，我的中小学生涯正好是"文革"十年。"文革"十年，哪有什么正规的教育啊？我的基础教育是很差的，你看我现在连普通话也讲不好，因为我们没学过拼音，也不说普通话。语文学的是最简单的文字，文言文从没学过，外语更不用讲了。总之，没有受过系统的基础教育，缺乏语文、数学、物理、化学的基础知识。我们的数学课学会计，我算盘打得很好的，因为有珠算课。化学是农药和化肥，物理是学电工，这些知识倒都懂得一些。政治课搞大批判，诸如"批林批孔"和"批邓反击右倾翻案风"。总之，严重缺乏系统的、基础的、必要的中小学知识教育。

"文革"使我们缺乏必要的知识基础，却给我们烙上了特有的政治印记：崇拜领袖，关心政治。我们这些人特别关心政治，经历"文革"的人现实政治感特别强烈，总觉得参与政治是一种责任。我们一上小学就开始参与政治了，像"批林批孔"就是一种政治参与，"批邓反击右倾翻案风"也是。我因为出身草根，打小就生活在农民之中，有很深的百姓情结和平民意识。现在每每想到国家的发展，或提出改革方案的时候，一定会想到普通百姓会怎么样，这种情怀也是那时候形成的。

如果光是学校学到的那点知识怎么可能考上大学，后来还能够继续上研究生？没有自学是肯定不可能的。当时也自学，但自学条件实在太差，几乎没有东西看，没有可读的书，连"四大名著"都被当作"四旧"，属于"毒草"。好不容易借到《水浒传》和《三国演义》，也看不太懂，因为都是旧版的。繁体字没学过，就迫使我去学繁体字。另外，不知道从哪儿来的，我家里居然有一本《唐诗宋词选》，我特别喜欢，爱不释手。我母亲是小学老师，家里有一本《新华字典》，我父亲也是识字的农民，不懂就查字典或问父母。

我的好奇心强，也特别爱动脑筋。在中学上过化学课和物理课，有一点理化知识，自己就去钻研。通过自己学到的化学知识，用墙上的土硝还真造出了土火药。还会造土枪，这个土枪我印象很深。枪管要用无缝钢管特制，没有，怎么办呢？就用喷雾器的管子。我不是植保员吗？就把喷雾器的管子当作枪管，结果枪管炸了，差一点把自己给炸着了。还用那点可怜的物理学知识，用来制造永久磁铁，为了保证我的永久磁铁有不间断的电源，我把村里的保险丝换粗了，结果造成了好几次全村跳闸断电。

许金晶：您刚才说"文革"的那种知识背景，是不是

19. 乐山乐水，穷理究变

也是您后来选择哲学和政治学作为方向的一个重要原因呢？

俞可平：何止重要原因，简直就是决定性原因。我先后学了三个专业，大学是历史，政史系，以历史为主。主要是受毛主席的影响，他爱看史书，很多历史的典故信手拈来。当时我们这一代人的心目当中，毛主席肯定是最大的偶像，觉得毛主席喜欢历史，那我也就学历史。毛主席也喜欢哲学，好，等我有条件可以换一个专业了，我也跟着去学哲学。所以，你说得对，"文革"时期的知识和政治背景，决定性地影响了我的专业选择。

但这里面有一个从自发到自觉的转变，年轻时不懂，盲目跟着毛主席走，后来则是自觉的了。觉得历史很重要，任何学科最后都是历史，没有历史就没有根基，许多优秀的学者最后都会回到历史，这是从自发到自觉。哲学是社会科学的基础，没有哲学根基，分析问题的能力和方法就会很欠缺，也难以深入。政治学是在念研究生期间，自觉转向关注的。我发现，中国的问题最终是一个政治问题。其实，史学、哲学、政治学在社会科学里面都是特别重要的，尤其是对于解释中国社会的发展和探索人类的规律，这三个学科密不可分。

二、求学生涯

许金晶: 您本硕博是三个学校、三个专业,您能不能各自介绍一下本硕博期间受到的学习、训练和当时大致的情况呢?

俞可平: 这三个学校很不一样,不是说学科不一样,而是教学方式、学校氛围和教育体系都极不一样。绍兴师专,这个学校现在叫绍兴文理学院。它的前身是绍兴师范学校,是中专。高考恢复了,中等师范学校上升为高等专科学校。学校扩大,原有的校舍容纳不下,就搬到了郊区,把那里的监狱腾出来给我们。犯人出来后,我们这些学生就住到"监狱"里面去,我在"监狱"里面住了三年。我相信我们的居住条件跟犯人差不多,宿舍门窄窗矮,阴暗潮湿,八个人一个房间,上下铺,四张床。条件非常艰苦,但是环境非常好,青山绿水。外面一片山,叫宋六陵。南宋有六个帝后的陵墓就在我们学校旁边,那个地方有一个特殊的名称,叫"攒宫"或"拈宫"。这个名称我要不说你们多半会念错,"攒"在这里要念"chen"的第三声,字典里面怎么找也找不到。它有特殊的语义,意思是皇室的临时陵墓,最后还是要北回的。当然,南宋最终灭亡了,这些皇陵现在还在那里。

19. 乐山乐水，穷理究变

绍兴师专是在原先中等师范的基础上新组建的，老师也是从中学抽上来的，讲课跟中学生上课一样，老师进来后先温习一下上一节课讲的什么，给学生提几个问题，做笔记、考试，完全跟中学生一样，甚至比不上现在的中学生。但是老师们很认真，对学生也很尽职。现在我还与当时的一些老师保持着紧密联系，例如当年的系主任马兆掌教授。绍兴师专期间就是使劲学习，跟中学生一样，如饥似渴，我在那段期间自学英语、德语、日语，还去数学系听微积分、线性代数等。我这个人就是好学，去的时候视力是2.0，出来后眼睛近视了。绍兴师专跟中学一样晚上10点钟就要关灯，那我怎么办呢？我就在床上放下蚊帐，用电珠作照明读书，结果把眼睛看坏了。到食堂去买饭排队，一定要拿一个英语或者德语的单词本去背诵。

到了厦门大学就不一样了，那是真正的大学了，感觉到了另外一个天地。老师们开的课很多，我也是一样如饥似渴地学习。我的专业是哲学，但也听了其他系的课，还学了普通物理学，成天在图书馆。厦门大学期间还有一个好处是受到严格的系统训练，有两门课程对我影响深刻且终身受益。一门是西方政治思想史，历史系一位姓陈的老先生教的，陈先生特别认真，整个西方政治思想史的经典著作一本一本读，以英文原著为主，这个真正是终身受益的。还有一门就是我的导师邹永贤先生亲自讲授的马克思

· 181 ·

主义经典著作选读。邹老师与我北大的导师赵宝煦先生有共同的经历，他们都在学生时代参加了中共地下党。厦门解放后他任龙岩县委副书记，后来又回到厦门大学做党委常委、宣传部长。"文化大革命"时被打倒了，改革开放后就开始教书。他们这些人教书有两个优点。第一，国学根基很深厚；第二，马克思主义经典特别熟悉。他主要是讲马克思主义经典，我那时就系统读马克思主义经典。马克思主义的基础和西方政治思想史的基础主要是在厦门大学打下的。1984年毕业后留在厦门大学哲学系任教，1985年到北大。

到北大又是完全不同的氛围。大家都知道北大是中国第一所现代大学，思想自由、兼容并包。到北大后，视野开阔了，遇到各种风格的老师，而且观点不同、相互碰撞。最主要的受益是宽容和自由。老师基本不管我，我感觉赵老师从来没管过我，就让我自己看书做学问。因为宽容自由，我大量接触西方的哲学社会科学知识，当代西方的政治学知识主要是在北京大学学习的。

许金晶： 那俞老师您能不能重点谈谈对您的博士生导师赵宝煦老师的印象，他在为人、治学、生活等方面对您产生的影响。

俞可平： 赵先生是承上启下的一个人，是新时期中国政治学的奠基人。什么叫"新时期"呢？就是改革开放以后。赵先生之所以能够成为新时期中国政治学的奠基人，是因为他原来受过系统的政治学教育。他是西南联大的学生，毕业以后留校任教。他传承了钱端升先生和王铁崖先生的事业，钱先生和王先生是中国政治学和法学的创始人，那时候政法一家。20世纪50年代政治学取消了，赵先生就转做马列研究，任北大马列教研室副主任，国际政治系恢复以后他又做系主任和亚非研究所所长，改革开放后他是最早的政治学博士生导师，我就跟着他读政治学博士了。

赵先生在为人、治学、生活方面对我们这些人都是很有影响的。首先是他的中国传统士大夫精神，即君子精神，就是道德文章并重。不光做学问要好，做人也要好。在学术界，道德学问其实未必一致，但我始终觉得一个学者应当承担两个责任，道德的责任和学术的责任，这一点深受赵老师的影响。

赵先生对我的另一个影响就是强烈的现实关怀，这可能也是北大的传统，即家国情怀。你可以做纯学问，但是你不能两耳不闻窗外事，好像社会现实跟你没关系，北大学者应当有一种对社会进步的深切责任。这一点赵先生给我的印象非常深。我回到北大，更深切地感觉到，这其实也是北大的精神。

第三个印象是，赵先生是中、西、马三者集于一身。这正好也是当代中国文化的三个组成部分，即中国传统、西方文明和马克思主义。赵先生在西南联大就读时受过系统的中国传统和西方思想的教育，在北大工作后开始系统接受马克思主义教育，最终融中国传统文化、西方文明和马克思主义于一体。这是中国文化转型的正确方向，除了赵先生外，北大有一大批这样的杰出学者，如费孝通、罗荣渠、汤一介先生等。

许金晶：我们觉得现实关怀这块真的是对您影响非常大。我们在梳理这本书中第一个博士的时候，我发现您的博士论文的题目就是《当代中国政治的系统分析》，真的是离现实最近的博士论文之一了，所以您能不能介绍一下博士论文的研究、写作和选题确定的情况？

俞可平：博士论文的题目不光是跟现实最紧密的，更主要的是特别敏感，甚至到现在依然还是相当敏感的。我当时还有一个同学王浦劬，他研究台湾问题，就没有那么敏感。像我这样直接研究中国政治的，我相信不要说那个时候，就是现在也很少，因为现实政治环境下，中国政治本来就是敏感问题，而且也确实很难分析。

为什么选这个主题呢？主要有两个原因，一个原因就是刚才我说的北大自由宽容的氛围，这样敏感而又重大的题目，一般的导师是不会同意的。还有一个更重要的直接原因，是受到当时改革开放氛围，特别是受到时任总书记的胡耀邦同志的影响。我做博士论文的时候是20世纪80

年代中期，举国上下沉浸在改革开放的氛围之中。当时北京大学已经开始与国外高校进行合作，可以联合培养博士生。那个时候谁都想出国，求之不得，我是倒过来。赵老师想把我送到美国去深造一年，都跟人家谈好了，我倒过来做赵老师的工作，我说赵老师我能不能不出国学习呀？我要研究中国政治。当时我还有两个"业余导师"，一个是李景鹏老师，还有一个是邹谠先生，他是芝加哥大学的，是国民党元老邹鲁的儿子。

许金晶：邹老师也是您的导师？

俞可平：他也不是真正的导师。那个时候他正好在北京大学做客座教授，他跟赵老师是好朋友。赵老师就说你多听听他的指导意见，我就经常找他指教。我介绍了我的知识背景，我说我以前学哲学并对微积分、线性代数、普通物理学等自然科学挺感兴趣。他说那好呀，西方政治学里面有一个最前沿的理论，没有数学基础是研究不了的，叫作"理性选择"理论。他就建议我以"理性选择论"为博士论文的主题，我当时心动了，觉得一下子可以接触西方政治学的最前沿理论，便开始收集材料。但后来还是放弃了，我跟他解释说，我还是要参与中国改革开放的进程，研究中国的现实问题。

很多人认为中国的改革开放起源于经济改革，其实是不了解中国。中国的改革开放起源于政治改革，十一届三中全会是政治改革。最高层领导换了、政治路线换了、党的工作重心换了，这是政治，而不是经济。有了这个政治改革，才有接下去的经济改革，才有农村的家庭联产承包责任制和市场经济，等等。政治在中国起着决定性的作用，我觉得中国政治太重要了，我要研究当代中国政治。赵老师当然提醒我，他说这个可是很敏感，也很难呀。当时年轻胆大，无所顾忌。我坚持这个选题，最后赵先生也没有阻拦我。后来赵老师在1989年"天安门风波"的时候，还把我的博士论文从图书馆给撤下了，避免人家调看，保护我。其实我的博士论文只是一个分析框架，也不至于很敏感。但赵老师担心，万一被人家挑出毛病来怎么办？所以我挺感谢他，我觉得这是北大的传统，对学生要保护，对学生要宽容。

许金晶：现在回过头来看，您这篇博士论文对现在中国政治学研究的学术贡献和价值是怎么样的？

俞可平：我也不敢说有多大的学术贡献和价值，但至少可以说做了两个方面非常有益的事。我当时研究中国政治，严重缺乏研究工具和研究方法，当时只有一种方法，即马克思主义的历史唯物主义，没有别的。我觉得局限性太大，政治分析怎么会只有一种方法呢？我当时第一个要解决的问题是，西方国家现在流行的政治分析方法究竟有哪些？北大有这方面的条件，邹谠老师等国外的教授开始来讲学，图书馆也可以看到西方的政治学著作了。于是我开始系统地学习和研究当代西方的政治学方法，还写了一本小册子《西方政治分析新方法论》，后来在人民出版社出版。这本书可能是改革开放后国内第一本专门评析当代西方政治分析方法的书，至今还被一些大学当作政治学专业考研的必读书。所以，第一个益处是有助于推进国内对当代西方政治学理论的研究。

另外一个，就是有助于推动现实中国政治的研究。对中国政治进行分析，本来就是一个高度政治化和高度敏感的领域，我的博士论文选题在一定意义上为当代中国政治的研究脱敏了，使它更加学术化了。政治不只是一种意识形态，也可以是一种学术研究。我的博士论文，应当是改革开放后用科学方法去研究中国政治的最初尝试。

许金晶：博士论文对您后来的学术生涯和研究兴趣有什么影响呢？

俞可平：这个影响是多方面的。首先是影响我毕生的研究重点。尽管我现在回到北大后主要做纯学术的研究，特别是政治哲学、政治思想和中国政治思想史的研究，但那也是政治学。就是说，从博士毕业后，我的研究重点始终是政治学，尤其是中国政治，哪怕是中国政治史和中国政治思想，那也是中国政治。

第二，对我的研究方法产生影响。当时不是借用了很多西方的方法吗？结果发现也挺有用的，我认为马克思主义的研究方法跟西方的研究方法很多是兼容的、互补的，到现在为止我始终这么觉得。一方面马克思主义的方法肯定要学会运用，但不能用单一的方法分析丰富多彩的政治生活，而要运用一切事实证明有用的研究工具，比方说政治系统分析方法、政治文化分析方法、政治沟通分析方法、政治角色分析方法等。博士毕业后，我养成了多视角观察分析现实政治的习惯。

第三，影响我的职业选择。我选择职业的时候，还是希望跟我的专业有关系。我博士毕业后最初留在北大，后来离开北京大学去了中共中央编译局，主要还是出于职业的考虑。既然研究中国政治，就想找一个跟政治比较近，但又不离开学术的职业。正好有个机会，中央编译局当时正开始从纯粹的编译机构，转变成中央的智库。中央编译局在我看来便是最合适的机构，它直属中共中央，又从事专业的翻译和研究，还能解决"居无屋"的生计问题，我就调过去了。不过，我其实从未真正离开过北大，一直兼任北京大学中国政府创新研究中心的主任。

三、工作与研究

许金晶： 那您觉得在编译局这 20 多年，这样一种亦

19. 乐山乐水，穷理究变

官亦学的身份，对您有哪些影响呢？

俞可平：编译局这个机构很特殊，它是中央直属的一个意识形态部门，用现在的话讲叫中央的重要思想库。这个机构有两大职能，一是编译，一是研究。作为党中央直属的一个专业部门，它有很多非常优秀的专家学者。到了中央编译局后，我的感觉很好。一方面，我有许多机会参与中央重大决策调研，既有许多机会接触最高决策层，又有很多机会到地方调研。所以我对中国现实政治就比较了解，特别是对中央高层政治和地方基层政治，都比较了解，这是一般政治学者做不到的。

第二，它是专门从事马克思主义经典著作编译和研究的中央机构，不仅有至少在亚洲范围内最丰富的马克思主义和社会主义文献资料，而且有一大批真正懂得马克思主义经典文献的专家学者。在这样一种氛围中，你不想熟悉马克思主义经典著作都不行，加上我长期分工负责中央编译局的科研工作和理论研究，还担任过十多年中央马克思主义理论研究和建设工程的首席专家。这样的工作经历，有助于提升自己的马克思主义理论水平，使我对马克思主义的理解产生了质的飞跃。它使我坚信，实现人的自由而全面的发展，建立一个自由人的联合体，是马克思主义的最高命题。

第三，有一批非常优秀的专家。这些专家大都是1949

年以前上的大学，他们素质很高，外文又好，视野很开阔。例如姜椿芳先生，就长期担任中央编译局副局长，不仅是中国翻译界的泰斗，而且创办了中国大百科全书出版社，成为"中国大百科之父"。中央编译局是中央特殊的部门，对外交流机会很多，与很多国外基金会有合作。所有这些，都使我的视野和胸怀更加开阔。

许金晶：您博士毕业到现在也将近30年，您能不能梳理一下您30年大致的学术研究脉络，以及您30年的论文、论著里面，您自己最看重哪些作品？

俞可平：要说这个脉络，我原来倒还真没去梳理过，借你的采访，我想了一想，觉得这个脉络大概有五条。

一个就是从学术到思想。我上大学后，特别是就读研究生后，从硕士至博士，一直受系统的专业学术训练。写的文章很规范、很学术。比方说我在厦门大学读研期间写的一篇论文，就在《厦门大学学报》发表了。发表以后北大的一位名教授，龚祥瑞教授，原先跟我不认识，专门给我写信。

许金晶：我知道，这个是李克强的老师。

俞可平：是，他给我写信，说看到你的这篇文章，没有想到国内还有人研究英国拉斯基的政治哲学，很惊讶。我的研究引经据典，非常规范化和学术化，他很赞赏。刚才我也讲了，我在北大读博期间写了一本《西方政治分析新方法论》，完全学术的。到了中年以后，我的重点已经不再是细致的学术考证，而主要是提出自己的新观点和新思想。学问与思想有密切的联系，但两者有明显的区别，我曾经专门就此做过阐释。

第二是从现实研究到理想探索。我早期主要从事中国政治研究，分析中国政治的问题，要有数据，要有实证材料，还要提出对策建议。现在我更关注的是人类的政治理想，从长远看，整个人类，当然包括中国，应当有什么样的一些价值目标，有什么样的理想政治。这大概也是一个自然的、不可逆的过程：从现实关怀到理想追求。我曾经说过，回到北大后我从关注现实转向"仰望星空"，说的就是这个意思。

第三是从经验到规范。经验研究重在调研和实证，规范研究重在推理和先验。我早期的研究多半以经验性研究为主，到后来则以规范性建构为主，重在倡导先进的政治理念和政治价值。

第四是从现实到历史。刚才我讲了从现实到理想，相对的是从现实回到历史。我认为任何学科的学者，其研究到一定程度的时候大都会转向历史，政治学者也不例外。早些年虽然我也涉及历史，但主要是关注现实，而现在我的研究重点已转向历史，特别是中国政治史和政治思想史。

追求有尊严的幸福生活

最后一个就是从中国到世界。我现在研究的很多问题不光是中国的，而是世界的或整个人类的。比方说，我正在写的对我而言最重要的一本书——其实已经写了20多年，修改三稿了，叫《人类理想政治状态研究》，就不光着眼于中国，而是着眼于整个人类了。我回北大后主持的最大课题"政治通鉴"，主要是从人类政治发展的角度来观察政治发展的规律。

我的研究兴趣确实比较广泛，这是我的特点。不仅对社会之谜好奇，也对自然之谜好奇；既欲穷究"尘世的学问"，也想探寻"天国的学问"。我人生的最大享受就是：乐山乐水，穷理究变。就专业而言，我的主要领域是政治哲学或政治思想、中国政治、治理和善治、公民社会或市民社会，还有全球治理。

你要问我最看重哪些作品？其实我自己也没有这个概念，但我会特别看重某些方面的研究成果。首先，我会特别看重中国传统政治的研究，我很年轻的时候就发表过一些重要的文章。例如，早在1989年，我就在《孔子研究》上发表过《中国传统政治文化论要》，到现在为止我也不改变我对中国传统文化的主要看法。我记得很清楚，那篇文章发表以后，有一个国外学者，通过一个北大的人找到我，说他看到这个文章了，想来拜访我。他就找我，敲门进来。我说你找谁啊？他说我找你爸，我说你找我爸干什么啊?他说我找俞可平呀,俞可平不是你爸吗?他一直以为是老先生写的文章,看我这么年轻,以为俞可平肯定是我爸爸。我估计当时审稿的人也不知道会是一位年轻学者写的,有一个编辑跟我联系过,说这篇文章写得很好。这给了年轻的我很大的鼓舞。现在这方面我最看重的文章是《官本主义——中国传统社会的政治学分析》,英文在美国发表了,中文简本在《学术前沿》上发表。我在努力建构一个分析中国传统政治的新分析框架。

第二,就是政治哲学这一块的研究。政治哲学里面包括人权研究、民主和治理的研究,这方面我有一系列的独特观点。例如"人的尊严""增量民主""动态稳定""社会治理""全球治理""协商民主""公民社会""政府创新""合法性""人权""善治"等。在这些领域中,影响最大的是一篇通俗文章:《民主是个好东西》。政治哲学的研究还包括对社群主义等当代西方政治学流派的研究,这方面也发表过一些重点文章。

还有就是对马克思主义基本理论的研究和对中国政治的研究,发表的一些研究成果也经常会引起较大反响,产生社会影响。例如,关于马克思"市民社会理论"和"马克思主义最高命题"的文章,以及关于"增量民主""政府创新""官民共治"等中国转型政治研究的一些论著。

追求有尊严的幸福生活

许金晶：您刚才谈到了这么多的研究，其实您在社会公众中最知名的还是《民主是个好东西》这篇文章，您能不能介绍一下这本书的出版经过，包括这个书名，包括这本书产生的影响，当时您是怎么看待的？

俞可平：《民主是个好东西》在我的所有文章里，可能是影响最大的。为什么写这样一篇通俗文章呢？首先，还是出于政治学者的责任。改革开放以来，我们的经济发展很迅速，人民生活水平明显提高，按照人类发展的普遍规律来讲，人们的温饱问题解决以后，政治需求和精神需求会相应增加。政治需求最主要的就是民主方面的需求，比方说有更多的参与要求，要有知情权，自己的事要自己做主，对领导开始评头品足了，甚至对党和政府的决策也要说三道四了，这些就叫民主。但是，另一方面，一些既得利益者一定会千方百计抵触民主。民主说到底是官员要把更多的权力交给公民，权力决定着利益的分配，它本身就是最大的利益和资源。但是，不断地走向民主，这是人类政治进步不可阻挡的潮流，不是谁喜欢不喜欢的问题。我觉得作为政治学者，我有责任明白无误地告诉大家。

第二，我长期做专业学术研究，从来没有写过通俗、大众化的文章，想试一试。因为要想影响社会和大众的话，纯粹的学术文章是很难的，既然是普及民主知识，我就写一篇通俗文章。在这以前，我给我老父亲写信都是

19. 乐山乐水，穷理究变

"因为""所以"的，长期写惯学术论文了。但第一篇通俗文章发表后，大家还挺接受的。我写作此文的时间很短，大概两三个小时，但思考是长期的。写自己满意的文章，我通常会有一种激情，包括学术文章在内。没有激情的文章，自己通常也不满意。

这篇文章本来是一个论文集的导言，这个论文集的书名就叫"民主是个好东西"，是在社会科学文献出版社出版的。这本书出版的时候我将导言发表在《学习时报》和《北京日报》上，后来到处都转发，产生了较大的影响。《民主是个好东西》出版后，一直没有修订再版，后来出现了一些盗版。去年去青岛，一位领导拿着一本《民主是个好东西》让我签名，我说这本书不能签，因为明显是盗版。我现在也不想修订，以后有合适的时机再说。

你们可能看到的是对《民主是个好东西》的一片好评，其实我从撰写此文开始，就知道必定会遭到少数人的忌恨，这些年也确实遭到极少数人的诘难。他们不敢直接批判和否定民主，因为民主毕竟是宪法规定的国家目标和社会主义的核心价值。他们就换着法子说，"民主不是抽象的，而是具体的""民主需要一定的条件""不能笼统说'民主是个好东西'，只有好民主才是好东西"等等，不一而足。我一直不屑回应，因为这些言论不仅突破了汉语常识的底线，更突破了知识分子的良知底线。按照他们的这种逻辑，似乎在"民主"前面不加"好"字，那就会把"坏民主"也当作"好东西"。按此逻辑，宪法和核心价值观中的"民主"也都应改为"好民主"，不然就会把"坏民主"当作国家目标和社会主义核心价值吧？我常常想，我们的国号称"中华人民共和国"，官员和知识分子应当站在大多数人民的立场说话办事，不能为了自己的私利而失去良知的底线，连"民主"都敢否定。

四、普遍价值

许金晶：您刚才也讲到，马克思主义其实一直是您研究的重要领域，您另外在政治哲学这一块，像民主、自由、人权这些东西，尤其是在中国的语境下，人们往往会归纳到一个自由主义的范畴，所以您如何看待在中国这个语境下马克思主义跟自由主义之间的张力和关系呢？

俞可平：首先，把自由、民主、人权、公平、公正、平等这些价值和概念归结为自由主义，这个结论是错的，或者至少是片面的。这种价值是人类共同的价值，是人类普遍的价值，英文叫"universal values"，译成中文的时候就出问题了，有的时候变成普世价值，好像变成负面的了，其实就是普遍价值或共同价值。这些"universal values"，包括自由、民主、平等，不是自由主义独有的，社会主义、马克思主义同样倡导，这一点我首先要说。马克思主义本来就是西方文明的产物，是在西方自由主义思想源流中产生出来的，它自身已经吸纳了包括自由主义在内的西方政治思想的许多优秀要素，当然包括了自由、民主、平等这些先进的政治价值，所以马克思主义与自由、平等、公正、民主、人权这些人类基本政治价值是完全兼容的。

那么张力到底有没有呢？张力在哪里呢？张力当然存在。我认为最主要的张力是在实现这些价值的道路和途径上。马克思主义主张社会主义和公有制，而自由主义则主张市场经济和私有制，这两者之间显然有张力。即使在社会主义谱系内也会有矛盾和张力，例如中国特色社会主义的本质特征是坚持党的领导，而民主社会主义则主张多党竞争和代议民主。但我感觉这种张力和矛盾从历史长河看在缩小，而不是扩大。例如，社会主义也引入了市场经济，允许多种所有制共存。人类社会存在这种张力我觉得很正常，不同的思想家和政治家、不同的民族和国家，自然会有追求进步文明的不同方式，会有通向民主法治的不同道路，这本身就是人类社会的常态。不同的思想体系和制度体系之间有张力是常态，没有张力反而不可理解。但是有张力未必意味着你死我活，可以相互学习，和平共存。

许金晶：您这么多年提出来很多原创性的概念，比如说治理和善治、增量民主、协商民主、动态稳定、官民共治这样一些东西,因为政治学这个学科首先完全是由西方国家建立起来的,但您现在又做了这么多学术本土化的原创概念、原创理论的尝试,您能不能谈谈,您刚才正好也提到的所谓的普遍价值跟我们学术主体性和本土化之间的一个关系呢?

俞可平:这实际上是刚才我讲到的问题的延伸。我认为你提及的许多价值和理念本来就是全人类共有的,是人类共同的政治价值,是人类政治文明的共同成果。其中有一些可能在西方发达国家先提出来,甚至在实践上先走一步,这是再正常不过的事情,因为凡事都有先后。例如,我们仍在坚持的社会主义,最早也起源于西方国家。况且有些理念和价值,如民主和自由也不见得最先产生于西方国家。近年来有些考古发现表明,它们最初起源于两河流域的美索不达米亚,而不是一般认为的古希腊。即使在西方发达国家先产生,不等于就是西方的。

民主、自由等人类共同的价值要在每个国家落地生根,必须跟本国的具体条件结合起来。我们经常讲马克思主义在中国的成功经验,根本的一条是马克思主义的普遍原理跟中国的具体实际相结合。人类的其他先进思想体系和价值观念也同样,要在中国成功,就必须本土化和民族化。在人类普遍价值和中国特色的相互关系上,我始终坚持两点。第一，民主、自由、平等、公正、法治、尊严等普遍价值不是西方的，而是人类政治文明的共同成果。如果硬把它们说成是西方的，那就等于自己把好东西让给西方了，这会给我们国家带来灾难，这方面我们有过许多惨痛的教训。例如，我们原来把人权和法治等都当作是西方的，但现在我们也要建设法治国家、保护人权。我们不能重蹈覆辙。第二，一定要明白，实现这些价值在每个国家的现实条件是不同的。当你在倡导一些先进价值和理念，并且希望这些价值和理念产生实际效果的时候，你一定要将其本土化。比方说协商民主，西方叫"delibcrative democracy"，只有将它与我们的政治协商传统相结合，才能在中国产生实际的影响。

许金晶：这还是一个热点呢

俞可平：还有比方说治理，开始是经济学的概念，政治学是后来才用这个概念的。但是哪个国家不要治理呀？资本主义国家和社会主义国家、西方国家和东方国家，哪个都希望把国家治理好，这是一个普遍的政治发展趋势。改革开放以来，中国政治改革的成功经验，很重要的一条就是先从治理改革做起。因为治理、善治和治理现代化这些概念和价值完全符合中国的实际，所以才能同时被官方和学界接受。

五、解释世界与改变世界

许金晶： 您能不能介绍一下对您这么多年学术研究影响最大的几本书以及这些书的一些影响？

俞可平： 这个问题好多人问过我。不能说哪一本书或者哪几本书，我认为是许多书对我产生影响。比如刚才提到的，我年轻的时候看不到其他书，反复读《唐诗宋词选》和《毛主席语录》，那就对我产生很大的影响。上大学后，读那些经典著作，好多书会产生影响。像《道德经》《论语》《孟子》《1844年经济学哲学手稿》《共产党宣言》《理想国》《政治学》《君主论》《社会契约论》等等，都对我深有影响。鲁迅的书对我影响也比较深，我现在还要求我的学生要去读鲁迅的书，因为他对中国文化的分析十分深刻，还有文字能力特别强。当然没有哪一本书对我产生了特别的影响，也许别人有，我真的没有。

许金晶： 您作为第一位中国的政治学博士，这样的身份有没有对您的学术、教学，包括社会工作产生影响呢？

俞可平： 没有任何积极的影响，反而有一些负面的影响。为什么这么说呢？因为每次被问到这个问题的时候，我总要解释一下，我不能说是第一位政治学博士，而是第

19. 乐山乐水，穷理究变

一批。我这一届有两位政治学博士，我先答辩，但不能据此说我是第一位政治学博士。你看，这不就是给我增添麻烦吗？要说积极的影响，还真是没有。当然，能成为第一批政治学博士，还是一件引以为荣的事。记得赵宝煦老师跟我讲过，中国解放前是没有政治学博士的。

许金晶：对，我们也做过了解的，没有。

俞可平：但也不能说是中国最早的政治学博士，准确地说是中国大陆最早的政治学博士。因为台湾在我们之前就已经有政治学博士了，香港也有了。但是，北京大学的政治学博士，这个荣誉还是会有积极影响的，毕竟北大是中国最好的学校，也是中国现代政治学的发源地。我现在常对学生说，一定要珍惜北大的荣誉，维护北大的形象，要对得起北大。

许金晶：俞老师，今年7月份的时候，因为我们有一个读书会，就是做一些人文社科的书籍的共读，今年正好是《资本论》第一卷出版150周年，所以我们还做了一个纪念《资本论》的读书沙龙。读《资本论》肯定不能只读《资本论》，我们沙龙上聊得最多的就是马克思所谓的费尔巴哈第十一条论纲，就是哲学家都在解释世界，重要的是改变世界。包括我知道华东师大一个青年政治学学者吴冠军前一段时间出了一本书就是以"第十一论纲"为书名的。所以您如何就这第十一条论纲来看待学术研究跟现

追求有尊严的幸福生活

实实践的关系呢？

俞可平：这是马克思的名言，哲学家都在解释世界，但重要的是改变世界。马克思的一生也确实不仅是解释世界，更是改变世界。我自己对马克思非常崇敬，去年我应邀在特里尔的马克思故居博物馆做了一个学术演讲，这是一件特别高兴的事，尤其是当他们告诉我，前来听我演讲的人数之多为该馆前所未有的时候。在我的印象中，许多特里尔人以马克思为荣。他们在介绍特里尔的时候，通常会提及两件事，一个是特里尔曾经是古罗马的首都，第二个就是马克思从特里尔走出去改变世界了，而且这个世界也确实因为马克思而有了很大的改变。不过，我觉得解释世界与改变世界，是相互联系在一起的，其实是不可分的。事实上当你在解释世界的时候，如果把这个世界真正解释清楚了，也就是说能够发现自然界和人类社会的一些规律性知识，其实也就是在改变世界了。因为你给别人提供了认识和改变世界的工具。

学者可分两类：一类是躲在象牙塔中的学者，他们做纯粹的学问，或许不曾想过改造世界；另一类是有强烈现实关怀的参与性学者，他们带有很强的目的性，就是想改造世界。然而，只要揭示了自然界和社会生活的规律性知识，无论哪类学者，事实上都会起到改造世界的作用。像爱因斯坦，他研究广义相对论和狭义相对论的时候，可能

19. 乐山乐水，穷理究变

纯粹是自身的知识兴趣，他可能也没有想到他的发现会如此极大地改变这个世界。

马克思属于有强烈参与感的一类学者，他的指向很明确，就是要改变世界。我的看法是，思想家通常属于后一类学者，有着改造世界的强烈愿望；而学问家通常属于前一类学者，本身并没有直接改造世界的强烈愿望，但其创造的知识和学问，客观上也在改造着世界。那些想要改变世界的思想家，我觉得应当特别受到尊敬，因为他们通常公然挑战现存秩序和价值，会有很大的风险，许多伟大的思想家，其命运往往十分悲剧。就我自己而言，我希望能够努力发挥推动学术进步和社会进步的作用。

许金晶： 我们接着这个问题，这么多年您对于推动中国政治文明的转型和发展做了哪些工作？您理想中的中国政治文明应该是怎么样的一副面貌？

俞可平： 我一直在努力做一些推动政治学发展和社会政治进步的工作，做得怎么样，我自己是无法评价的，得由别人来评价，但是我可以说说我做了哪些事。首先我努力倡导一些先进的理念和价值，这个方面做了不少工作。比方说刚才提到的《民主是个好东西》一文，其实就是倡导民主、自由、平等、公正、治理、善治、法治等人类的基本政治价值。这些价值是人类共同的政治价值，到现在为止对任何一个民族来讲依然都具有进步作用，都应当追求。但这些价值要深入人心，就需要有人去倡导和推动。对于既得利益者，民主、自由和平等这些价值通常与他们的利益相悖，他们并不真正愿意去推进。比如说，对于一个掌握权力的人来讲，民主不就是要分享他的权力吗？所以先进的理念和价值，要有人去倡导和推动。

第二是组织发起了一些旨在直接推动改革创新的项目，比较有影响的有"中国地方政府创新奖"和"中国社会创新奖"。前者从 2000 年开始，对做得好的地方政府创新进行奖励推广，直到前年我回到北京大学时才暂停下来。这个奖项在各级政府中还是挺有影响的，对推动地方政府的改革创新起了十分积极的作用。另一个"中国社会创新奖"创办于 2012 年，旨在推进社会领域的改革创新，特别是鼓励民间组织和社会组织的改革创新。很可惜，这两个奖项随着我回到北大"仰望星空"而双双停止了。

第三个就是我长期参与了中央领导部门的一些重大决策调研，并提出或报送过一些重要的政策建议。

第四个就是普及政治学常识。我认为政治学常识在我们国家普及得很不够。我经常说中国是政治课最多的，从小学开始一直到博士生都有政治课，但我们有一些民主政治的常识是不普及的。比方说"中华人民共和国"是我们的国号，但"共和国"是什么意思，很多人是不知道的。在普及政治学常识方面，除了发表通俗文章外，我还为干部和学生做普及政治学知识的演讲。我觉得效果还是不错的,因为我的书经常会重印多次,有的书会重印数十次之多。演讲时听众通常也挺多,说明大家还是重视我普及的政治学知识。

至于我理想的政治文明是一种什么样的状态,简单地说,就是高度发达的民主与自由。我在接受《环球人物》采访时曾有过详细的回答,在此转述如下:

我最现实的政治理想有四个。一是善政。这是我国千百年来一直追求的,古代称之为仁政,大体上相当于英语里所说的"good government"(良好的政府)。在全球化背景下,作为一个社会主义民主共和国的人民政府,善政应具备八个要素:民主、责任、服务、质量、效益、专业、透明和廉洁。二是法治。中国古代只有"刀治"(法制的制为立刀旁),"rule by law",却没有"水治"(法治的治为水旁),"rule of law",因为皇帝始终凌驾于法律之上,但现在要让法律成为公共治理的最高权威。三是增量民主。我们一定要不断地通过增量改革来逐渐推进中国的民主治理,扩大公民的政治权益,只有这样,才能为善政和法治提供制度环境。实现增量民主有三条现实的途径,一是选拔官员时引入更多竞争,以实现选优;二是从党内民主走向社会民主;三是从基层民主向更高层民主推进。基层民主可以让民众直接享受民主的好处,但高层民主决定国家的命运。四是安全。我们现在讲中国梦，就是中国人民的幸福生活。没有安全，任何人都不可能感到幸福。这里说的安全有很多层次，最基本的是人身安全，包括衣食无忧、环境干净，能够吃上放心的食品，呼吸洁净空气；秩序良好，走在路上不用担心被抢、被盗、被谋杀。再高一点是自由表达的安全，免于恐惧和压制，在法律框架内有自由表达权和公共参与权，不用担心有人来揪辫子、整"黑材料"。

我最理想的政治现实，一是善治，它高于善政，除了政府好，整个社会的治理也要好。社会高度自治，政府变得不那么重要，谁当领导都无关大局。我们现在做不到，但我希望我们将来能做到。二是高度民主，直至实现"每个人自由而全面发展"的"自由人的联合体"。这是马克思主义的最高命题，也是我的最大理想。

许金晶：我有一个细节的问题想问您，我不知道在社会主义 24 字核心价值观，把自由、民主这些东西写进去的时候，我不知道您个人是不是也参与了其中的一些

俞可平：这是在广泛征求意见的基础上，最后由中央决定的。我参与过一些讨论，也发表过一些意见，但不敢说有什么影响或作用。最初确立社会主义核心价值观的时候，分成四个体系。党内很多人认为，把社会主义核心价值观分成四个体系，太庞大了，不利于深入人心。最后变

成了12个核心价值，12个我都觉得太多了。汉语中，"核心"的语义本来应当只有一个或几个。我在《北京日报》曾发表过一篇短文，题目是《核心价值观要当真》。我说，现在大街小巷都是社会主义核心价值观的标语口号，这很好，但比宣传重要千万倍的是认真实践这些核心价值。马克思和列宁都说过，一个行动，胜过一打口号。

六、重回北大

许金晶： 在北大读博期间，对您个人的求学来说也是非常重要的转折点和飞跃，您现在又回到北大来执掌政府管理学院，您眼中的北大包括北大之于您的意义是怎么样的？北大的这些多元传统对您个人又产生了什么影响？

俞可平： 北大是一所非常特殊的大学，不要说在中国历史上，就是在世界历史上恐怕找不出第二所大学来，她的产生和发展与一个国家的进步和命运会有这么紧密的联系。北大成立以后，中国每一步重大的发展和转折，几乎都跟北大紧密相连，从五四运动、中国共产党的诞生、马克思主义的传播，到"文化大革命"的发生和改革开放的来临。北大的命运与国家的命运这种特殊的关系，形成了北大人特殊的情怀，即家国情怀。就是自觉地把自己所追求的个人目标与国家的目标有机地结合起来，自觉地承担起一种推动国家进步的内在责任。一般大学都有校训，唯独北大没有明文规定的校训。但是，北大有自己独特的精神，这就是"思想自由，兼容并包"，以及"民主"和"科学"。北大的这种精神，是中华民族现代精神的集中体现。这不仅是我们北大人的骄傲，也是我们中华民族的骄傲。没有民主、科学、自由和宽容，北大就不成其为北大，中华民族也就失去了现代化的灵魂。这些精神不仅北大人自己要珍惜并努力维护，也需要全民族倍加珍惜和爱护。

许金晶：您个人有非常丰富的海外访学的经历，您能不能比较一下欧洲、美国的政治学研究跟我们现在中国的政治学研究之间的一个异同，包括我们国家的政治学研究要在哪些方面向西方的成熟的政治学研究学习？

俞可平：关于北大，我还想多说几句。北大是中国现代政治学的发源地。京师大学堂的时候两个学院，一个叫仕学院，一个叫师范院。仕学院就是我们政府管理学院的前身，当时就是培养清朝官员的。京师大学堂最初的20多门课程中，有两门是政治学的课，是中国最早开设政治学课程的大学。京师大学堂改名北京大学时，就正式有了"政治科"和"政治系"。所以，中国现代政治学是在北大发源的。

我的海外经历确实比较丰富。我在中央编译局的时候，承担着国际学术交流的任务，出国访问讲学很多，还在多所国外大学做过客座教授，如德国的自由大学和杜伊斯堡-埃森大学、英国的诺丁汉大学、美国的杜克大学和哈佛大学等，因而比较了解国内外政治学研究的异同。中外政治学研究有很多共同点，特别是重点研究领域大体相同，都重视本国政治的研究、公共政策的研究和国际关系的研究。

当然也有很多不同，我觉得首先的不同在于欧美国家的政治学更重视基础研究，我们则更重视应用研究。比方说我们现在强调智库，强调国际政治、公共管理、行政管理，这其实都是应用性的研究。而在发达国家，政治学基础研究特别发达，提出的许多政治学理论在相当程度上引领着世界政治思想的潮流。这一点值得我们学习，我们的政治学基础研究十分薄弱，从长远看也不利于对策研究。比方说智库，智库其实是思想库，没有思想哪来好的政策呀？第二个区别是，发达国家的政治学更重视定量研究，我们还是以定性研究为主。第三个区别是，欧美国家基本上把政治学当作学术，跟现实政治没有太大的关系。而在中国，政治和学术有的时候很难分，我国的政治学研究在相当程度上会受到现实政治的影响，学术化程度不高，而政治化程度严重。这可能是三个最主要的区别。

我觉得我们中国的政治学肯定有自己的特色。一个优秀的政治家和优秀的学者绝不可能去照搬西方，别说照搬西方，照搬本国的传统也不行，照搬其他任何国家都不行。但要善于学习其他国家的先进东西，政治学的教学与研究方面，西方国家也有不少经验值得我们学习借鉴。

首先，是学生培养，他们的课程体系更科学，这方面我们还是有差距的。第二，在提升政治学的学术化程度方面，西方发达国家有许多经验值得学习借鉴，发达国家政治学的学术化程度普遍较高。第三，就是我国的政治学研究国际化程度不高，远没有掌握政治学话语的主导权。我们要鼓励年轻政治学者多在国际刊物上发表文章，发出中国政治学者的声音。学习借鉴发达国家在政治学教学研究方面的先进经验，也是我们建设"双一流"学院的重要内容。

许金晶： 您现在到政府管理学院其实也是三种职责，一方面是学术研究，另外一方面是承担学院的管理，再有一方面就是教学这一块，您如何看待这三者之间的关系？

俞可平： 这三者之间，首先教学和研究是密不可分的。研究型的大学，为什么都重视科研和学术成果呢？这不是没道理的，全世界都这样，研究型的大学首先要重视研究。自己没有学问，很难成为学生的好老师。我经常跟学生讲，很多同学评价老师只看重老师的幽默风趣，其实，评价老师最主要的是知识和学问，是听了这堂课以后自己有没有增加新的知识。老师要有很高的学术水平,要有研究成果。但高水平的学者,未必就是好老师。要成为一名好老师,除了自己有学问外,还要讲究教学方法。我原来在中央编译局的时候,只要有研究成果就行了。现在不行,我作为一个老师,最主要的责任是教书育人,还要探索教学规律,讲究教学方法,让学生能够更有效地接受知识。总之,教学和研究关系密不可分,但毕竟是两回事,研究做得好不一定书教得好,但要真正教好书,首先要把研究做好。

作为院长,除了自己做好研究讲好课之外,还必须把学院管理好。对我来说,这三者之间也是紧密相连的。自己的学问不行,讲课不好,做北京大学的一名院长就会非常困难;反之,就会容易得多。当然,做管理与做学问也不是一回事,做管理关键是公道正派、照章办事和团结合作。除了担任政府管理学院院长外,我还兼任北京大学中国政治学研究中心主任和北京大学城市治理研究院院长的职务,但坦率地说,我很轻松,大量的时间躲在书房做学问。两周一次院务会议,其实是工作午餐会。主要是放手让其他院领导负责,所以,我特别感谢院里的同事。

许金晶:那您效率非常高

俞可平:是的,我特别讲究效率。也基本不应酬,睡觉又很少,从来都开短会,上学期的一次全院教职工大会都不到半小时。不把精力浪费在无聊的文山会海中，对自己和别人都有好处。尽管我担任了三个领导职务，还要主持好几个特大型研究课题，如"政治通鉴""中国地方政府创新""《马克思主义历史考证大辞典》中文版""国家治理现代化""制度与习惯"等，要分别给本科生和研究生开课，每年发表不少研究成果，但我真的觉得很轻松，既没有觉得压力山大，也没有感到忙不开身。我甚至觉得自己是一个闲人，每天有时间看喜欢的影片，还有很多爱好，例如旅游、爬山、游泳、开车、种菜、玩游戏，等等。

许金晶：俞老师，您作为中国大陆第一批博士，其实也牵扯到一个血脉延承的问题，所以想问问您这么多年在培养学生方面的一些情况能不能介绍一下？

俞可平：这个很重要，培养学生，是我的责任。一个优秀的学者不光自己要把学问做好，也应当把自己的学生带好。培养学生这方面，我认为教书和育人是密不可分的。教书就是给学生传授知识，育人就是培养成才。到了北大以后，我发现有些学者自己学问做得很好，但带学生真没带好。我们北大有一些非常有影响的学者，但带出的学生就不争气，学问没做好，人品也不好，这就叫师门不幸。也有些老师在教书育人方面做得特别好，带出的学生个个都很好，道德文章都很突出。我自己在教书育人方面的体会是，老师既要有责任感，又要有真才实学；既要传道释疑，又要为人师表；既要关爱学生，又要严格要求。总之，要让学生既有学问，又有道德。我经常提醒我的学生，不能去投机，不能失去底线。我也警告他们，如果失去道德和良知的底线，那就会被逐出师门。在这方面，我一直比较传统，有点古代"士大夫"的精神。

七、仁者与智者

许金晶：俞老师，我也接触过一些年轻的政治学学者和政治学学生，他们有些受西方政治学的传统影响很深，觉得真正的政治学研究就应该跟现实政治保持足够的距离。但其实您个人的研究跟现实离得还是很近的，所以我想问一下您如何看待知识分子与政治之间的关系，就您个人的实践来说的话。

俞可平：首先，开头也讲到过，一个学者事实上还要关注现实，要承担社会政治进步的责任，这样的话就不能与现实的社会政治离得远远的，好像我啥都不关心，什么都不管，这不是知识分子的态度。这是第一点。

第二，政治和学术之间一定是有区别的，要保持一定的距离。一定要清醒地看到，政治学作为学术跟现实政治是不一样的。我们现在好多的学者，尤其是年龄大的学者，把政治学与政治混在一起了，这是根本错了，会对这个学科带来很大的伤害。政治学的专业化程度不高，学术化程度不高，很大的原因就是把政治和学术混在一起了。政治和学术是不一样的，作为一个官员讲政治，就是与上级领导特别是中央保持一致，而我们政治学者讲政治，重点是揭示政治现象的本质和政治发展的规律。

第三，政治学者推动社会进步，主要是通过自己的专业知识来实现的。也就是说，作为一个学者去推动社会政治进步，不见得一定要去当官，一定要去做意识形态的工作。倡导先进的理念和价值，发现一些人类社会的规律性现象，传扬政治文明的优秀成果，这就是尽学者的社会责任。

许金晶：刚才也提到了，我觉得按照以赛亚·柏林的界定，您也是属于狐狸型的知识分子的，所以您如此广博的研究视野和兴趣是怎么形成的呢？

俞可平：首先从我个人的情况来讲我不赞同柏林的划分，我也不认同自己属于狐狸型。为什么呢？我觉得人的个性是很复杂的，比方说我们中国有一句古话，叫作仁者乐山，智者乐水。我经常不无感慨地自问：我究竟是乐山还是乐水？因为我看到大山就想爬，我是真喜欢山。我的学生都知道，爬山是我的一大爱好，年轻人爬得过我的很少。但我从小在水乡长大，我也是真喜欢水，见到海就想游。今年暑期去马尔代夫度假，住在海边，看到海洋中很远的地方有个礁石，我就跟我太太讲，那个礁石我真想游过去。我太太讲那不行，太远了，没有任何救生设施，出事了没有人可以救你。到最后那一天，我实在忍不住了，跟我太太说我不管了，一定要游过去。我就不顾一切游到了礁石，还爬了上去。看上去，我是一个文质彬彬的知识分子，其实我最大的爱好之一是冒险。国内第一次远游，独自一人走了16个省市，第一次去美国，一人背着包去了20多个州。马基雅维里最早把人分为两类，狐狸型和狮子型。在研究马基雅维里的时候，我就自问过，我属于哪类。答案是，好像都不像我。我就是我，既不像狮子，也不似狐狸。所以我不太赞同这样的分类。

许金晶：有点标签化了。

俞可平：你说我的兴趣广泛，那倒是真的，我的兴趣特别广泛，似乎对什么都充满兴趣，从小就对自然现象和社会现象十分好奇。兴趣广泛可能有几个原因，从小的经历，放牛、做农民，这种海阔天空的经历使得我对什么都感兴趣。其次，我认为是有先天性的，遗传很重要。我父亲就是对什么都好奇，90来岁去世前，还能够玩智能手机和iPad。魔术道具我们怎么弄都弄不开，80多岁的老人很快就能把它们解套。

还有就是我的多学科训练，比方说我大学学历史、研究生修哲学、博士期间读政治学，还自学和旁听其他课程，这也有助于培养广泛的兴趣。

八、家国情怀

许金晶：我这本书做的第一批文科博士，我也已经做了好几位学者了，您是其中年龄最小的。也想请您谈谈这么多年您对您亲历的国家发展与时代变迁的感悟，包括这种发展变迁跟您个人的学术研究和生活、工作，这种关联是怎样的？

俞可平：这方面我自己感触是很多的。我们经历了改革开放，改革开放彻底改变了中国的历史进程，也在很大程度上改变了世界的历史进程。所以我的第一个感受就是，改革开放是中国变得强大、实现中华民族伟大复兴唯一正确的道路。当然改革开放也出现了一些问题，我们也为此付出了一些代价，但不能因此否定改革开放。如果把改革开放否定了，中国就会重新又回到过去，这会给整个国家和民族带来沉重的灾难。改革开放前我是农民，穷得无法想象。生活在鱼米之乡的江南，但打小就几乎没有穿过新衣服。我们这些经历过改革开放前后比较的人清楚地知道，没有伟大的改革开放，就没有今天中国的强大。在我们心目中，毛泽东是伟大的民族英雄，邓小平同样也是伟大的民族英雄。

第二个感触也是非常强烈的。我们可以看到改革开放以来中国发展变化中，一直有两种力量在较量。一种是强调中国特色，强调中国本位；一种是强调刚才讲的普遍价值，强调改革开放，融入世界文明。我的感受是，改革开放这么多年来，我们最成功的经验之一，便是既强调中国特色和中国本位，又坚持对外开放，吸纳人类优秀文明，融入世界潮流。

哪个国家没有特色？中国有几千年的文明，当然有自己的特色。但最有特色，中华民族也是人类的一员。我最担心的是用中国特色去否定人类文明的共同成果，否定人类社会的普遍价值，把人类文明的共同成果当成西方的东西而加以拒绝。我们在这方面吃太多的亏了，有太惨痛的教训了。我们当年把市场经济当作资本主义的，给我们带来了贫穷，导致生产力这么低下。我们把人权当作西方资本主义的东西，把法治也当作西方的东西，导致在"文化大革命"期间随意剥夺人的权利，连国家主席的权利都可以随意剥夺。所以我们要始终记住这样一句话：中国再有特色，也不能够偏离人类文明的大道。人类是一个命运共同体，中国是人类的一员，中华文明是人类文明重要的一脉。我们的强大和复兴不是要去偏离人类文明的大道，而是应该让中华文明成为人类文明的主流之一，这才是正道。

第三个感触就是个人的命运与国家和社会的命运是紧密相连的。特别是跟我父亲比较,这种感受更深刻。我父亲从小很聪明,读书很好,考上省立初中的公费生后,不幸得了血吸虫病,学校让他休学一年,治好病再回学校。他没钱治病,就回家继续放牛。于是,他的命运就完全改变了,他的好多同学成了著名学者,而他则成了地道的农民。要是没有改革开放和恢复高考,我们这一代人的命运也会完全不同。

许金晶:我们最后一个问题,您对于未来的研究、教学、包括个人的生活,还有哪些计划和期待呢?

俞可平:作为一名老师和院长,我最主要的任务是教书育人,把学生培养好;同时,努力使我们学院能成为世界一流的学院。作为一个学者,我自己主要是做基础研究,现在我就把重点放在"天国的学问"上,即纯学术研究。以前是两者都做,但重点是对策研究。现在是以纯学术研究为主,主要是基础研究,以政治哲学、政治思想史为主。其中最重要的是主持编撰《政治通鉴》,这部通鉴共分五个部分,即中外政治经典、人类基本制度、重大政治事件、重要政治人物和主要政治思想流派。这是一个浩大的政治学基础研究工程,要举全国的政治学研究力量才能完成。

19. 乐山乐水，穷理究变

许金晶：这是很有意义的。

俞可平：非常有意义。做好的话对中国的政治学和政治发展都会有十分积极的作用。北大很支持《政治通鉴》的研究，国内的政治学同行也很支持，我也希望有更多的有识之士支持这一基础研究。

今天你的问题我想基本上都回答了，你看看还有什么问题？

许金晶：应该没有了，我觉得今天俞老师聊得很充分的，我也学习到很多东西。

任浙江诸暨二都中学教师时摄于宿舍前

追求有尊严的幸福生活

2015 年重回未名湖畔时留影

2016 年在香港团结基金会作演讲

20. 探寻中国治理之谜[*]

真正的理想主义：漫漫求学之路

问：俞老师，能否请您先回顾下您从大学到博士的求学生涯。

俞可平：1978年我在浙江诸暨农村的生产队担任生产队干部和植保员，当时可以说是从田头爬起来就直接去参加高考了。年轻时做农民这段经历对我影响很深，后来自己研究治理，研究国家的发展战略，总是想到普通老百姓会如何想，这些政策会对普通百姓带来什么影响。这成了我的学问底色，这种情怀就是那时形成的。

我七岁开始为生产队放牛，在学校还一直担任班长，因此从小就是孩子王。上大学之前我的兴趣一直是自然科

---

[*] 原载《公共管理评论》2021年第1期。

学，就是理工科。我中学时就可以自己制造土火药，后来还试图自制土火枪，记得还试图制作过"永久磁电"。我们这代人当时特别崇拜毛主席，因为听毛主席的话，我后来转向了社会科学。毛主席说历史重要，哲学重要，政治更重要，所以我大学读了历史专业，在绍兴师专（现绍兴文理学院）念政史系，硕士报考了厦门大学的哲学系，博士到北京大学攻读政治学。我报考硕士时大学还没念完，没有本科学历，研究生招生办要求出具本科同等学力证明。当时绍兴师专的系主任觉得我的文章写得好，努力说服教务长给我开了本科毕业同等学力证明。给一位连专科都没毕业的学生开具本科同等学力证明，是很不寻常的，所以我一直很感恩这些老师。

　　研究生期间，我改读哲学。我在厦门大学哲学系念西方哲学和马克思主义哲学，我的硕士论文是关于英国著名民主社会主义理论家和政治学家哈罗德·拉斯基（Harold Laski）的国家理论。那个年代没有中文书可以参考，我也没有很好的英语基础，只好硬着头皮看英文书。在硕士期间我做过一件很疯狂的事。当时我在图书馆看到昆廷·斯金纳（Quentin Skinner）写的《现代政治思想的基础》（*The Foundations of Modern Political Thought*），觉得这本书很好，就开始尝试翻译。我将上下两卷60多万字全部翻译出来了，而且当时没有电脑，靠手写。2017年，昆廷·斯金纳教授来北京大学访问,我主持他的演讲。在见面时,我告诉他,我在硕士的时候就把他的书翻译成了中文,并给他展示了当时的翻译手稿。他连连惊叹说:"Crazy story!"那时真是"初生牛犊不怕虎",一个硕士生居然敢翻译这么大部头的著作。

硕士快毕业的时候,恰逢1984年北大第一年招政治学博士,我就去报考。报考过程中也有故事。我的硕士导师邹永贤老师认为,念书最好的学生应当做学问,其次的应当去做官,最差的应当去经商。他认为我念书不错,便强制把我留校了。邹老师对我很器重,一留校便让我负责筹办《政法译丛》杂志。但我还是下定决心要学政治学,便瞒着邹老师报考了北京大学的政治学博士。彼时恰逢厦大成立政法学院,邹老师从系主任升为院长,新的系主任瞒着邹老师给我开了同意报考的证明材料。后来,邹老师为此大发雷霆,但木已成舟,我于是很幸运地成为新中国第一批政治学博士。

回顾我从绍兴师专到北大的经历,最主要的变化是学习、研究的氛围有点像从计划经济走向市场经济。师专像中学,每次上课老师会带领大家回顾上一堂课的知识,并且提问考核;到了北大,就像从计划经济过渡到了市场经济,学习的动力也从外部转向了内部。现在我们博士阶段的学习有很多强制性要求,是有问题的。我在参与北大学科建设的国际评估时,积极推动改革博士生强制发表论文的规定。我在读博士的时候基本没有上过课，更没有发文章的要求，但我觉得自己的研究动力反而更强劲。博士生期间我写了十多篇论文，先后发表在当时数量极少的几家社会科学期刊上。我博士阶段的学习和研究任务，基本上都是自学完成的。读博士期间社会科学的研究方法除了马克思主义的历史唯物主义之外，其他方法很少。为了弥补研究方法的缺憾，我大量阅读了英文的政治学方法论著作，并认真做笔记。做的读书笔记最后整理成了一本书，叫作《西方政治分析新方法论》，在人民出版社出版。这是我的第一本学术著作，就是在博士生期间完成的。当时写文章、写书都没有压力，就是靠自己的动力。我现在也经常和学生讲，学习要靠自己，外部的推力并不长久，只有转换成自己的动力，才能学得进去，并真正促使自己去做事。

在就学阶段，对我影响很深的是大学、硕士和博士三个阶段的跨学科训练，这是终身有益的。每个学科一定都有其存在的合理性，它们开阔你的视野，丰富你的方法。跨学科学习对我治学的影响，是永久和深远的。

问：在您的求学生涯中，当时的教育对您最重要的影响是什么？

俞可平：我觉得对我影响最深的是真正的理想主义，就是对国家、对民族、对人类的发展都抱有纯真的理想。

现在人们说"你太讲理想了"似乎变成了讽刺性的话，但当时不是这样，是真正的理想主义。以我的经历来说，有段时间芝加哥大学的邹谠先生在北大做访问教授，了解到我的学习经历后建议我去学习西方政治学前沿。当时西方政治学的前沿是理性选择理论（rational choice theory），需要数学功底的，恰好我在大学的时候也修了数学系的一些课程。于是他向赵宝煦老师推荐我去美国的大学留学，专门研修理性选择理论。当各种手续办得差不多了，事到出国的临头我却改变了初衷，我对老师说我不去美国研究理性选择理论，我要研究中国政治。我当时的想法是：凭什么大家都向往美国等西方发达国家？我们应当让外国人都向往中国。我们一起努力，完全可以将中国建设成为一个世人都向往的国家。我当时认为，要实现这个理想目标的关键在于政治体制，所以我要投身于中国政治体制改革研究。我因此也改变了博士论文的选题，从《理性选择理论》变为《当代中国政治的分析框架》。

第二点影响是进取精神，就是始终奔向既定的目标，任何困难都压不倒。我们这代人，经历了太多的困难，当时各方面条件都很差。我在绍兴师专读书的时候，因为校舍不足，我们甚至住在刚腾出来的监狱里。那时培养了我积极进取的精神，就是不怕任何困难。现在我常和学生讲："在 45 岁之前都不要提什么困难，因为即使一切归零,亦可从头再来,怕什么呢?"大至人类,小至人生,没有过不去的坎儿,山海皆可平!

第三点影响是良好的师生关系。就是老师对学生负责任,这一点很重要。老师尽心尽力,在学术的成长、人格的提升上为学生提供帮助,这是根本,对学生将大有裨益。现在的师生关系有些扭曲了,需要规范和纠正,对教师和学生双方来说都如此。

不左不右,走人间正道:孜孜以求解中国治理之谜

问:您为何会选择治学之路,有什么契机吗?

俞可平:我对治学和研究感兴趣,是因为我喜欢解谜。我从小就有很多传奇故事。我也很奇怪,所以我对谜很有兴趣。

我个人经历了改革开放前后的历史。改革开放前,我在生产队干活,每年种两季水稻一季麦子,起早摸黑还是非常贫穷;改革开放以后,突然大家就变得富裕、国家也变得强大了,对我来说,这是一个非常巨大的谜!我想去研究、探索背后的原因。为什么同样一批中国人,在同样的土地上,突然发生了这么大的变化?

我认为中国改革之谜底,就是治理变迁,这是我直接关注治理的原因。我在20世纪90年代就承担了一个重大

的国际合作课题"中国公民社会的兴起与治理变迁"。我是课题总负责人,课题组成员有孙立平、邓正来、王逸舟、刘军宁等,这些成员后来都成为国内的知名学者。一些国外学者也参与了课题,他们把治理理论介绍进来。我认为这是一个能够分析中国变化的分析框架,所以在90年代末主持翻译了《治理与善治》,把治理理论正式引进来。

当然,我走向研究之路还是我的个性特征使然。我崇尚大道直行,耿直不阿,讲话不拐弯,官场和商界都不太适合,做学问比较适合。对我来说学术就是自由。做学问可以挑战自己的智商。其他的事情都有限制,但学术的道路是无限的,因为可以揭开无数学术之谜,享受学问,享受人生。我有很多爱好,飙车、游泳、射击、爬山、打球、下棋,我都很喜欢,有些还玩得挺不错。例如,爬山能跟得上我的恐怕不多,即使年轻人也很少跟得上我;游泳最后的35米我还保持着一口气潜泳的习惯。我是一个喜欢探索、喜欢挑战自我的人,这与做研究的逻辑是一样的。

问:如果说解谜是您的治学动机,那您认为中国治理有哪些谜呢?

俞可平:新近出版的《权力与权威》就包括我要探究的一些谜。第一个谜是"亚里士多德之问"。亚里士多德

追求有尊严的幸福生活

创立了物理学、生物学、经济学、伦理学、政治学等很多学科,但他很明确地断定,政治学是"主要学科""最高学科"。这究竟是为什么?要是我说"政治学是最重要的学科",必定被人讥笑。但没有人敢讥笑亚里士多德。我反复研读亚里士多德的著作,发现并概括出了"亚里士多德之问":为什么同一批人、在同一个地方,有时这么贫穷,有时这么富裕;有时这么野蛮,有时这么文明;有时这么专制,有时这么民主;有时这么保守,有时这么开放?亚里士多德找到了自己的答案:产生和规范权力的政治制度。为了寻找最理想的政治制度,亚里士多德晚年带领一千多个学生考察了158个古希腊城邦并撰写了政体考察报告,很可惜因为时代久远只留下了《雅典政制》这本残破不全的著作。他追求的是人类最理想的政治制度。我认为这个谜底我解开了。在2020年第1期《北京大学学报》上我发表了关于亚里士多德政治学的最新研究成果,我认为亚里士多德的理想政治不是君主制或贵族制,而是民主共和制。对这一观点,我欢迎学者们来应战。

第二个谜是中国人为什么要把理想放在过去,而不是放在未来?古人"言必称三皇五帝",即使欲改革也要"托古改制",而诸子百家心目中最理想的都是周朝的政治。孔子说:"周监于二代,郁郁乎文哉,吾从周!"这是为什么?西周的政治究竟为何有如此大的魅力,让孔子等大思想家折服？传统上，从关于西周政治制度的记载，可信的文献只有《今文尚书》28篇。我希望解开这个学术之谜，便开始研究西周政治。今年发表了《从〈逸周书〉看西周国家形态》，我自己觉得大体上解开了心头之谜。

第三个谜是中国人为何如此崇拜权力和官位？辛亥革命推翻专制王朝已经100多年，中华人民共和国成立也已经70多年了，为什么官本位现象还如此严重，甚至最应该讲民主平等的学术领域也存在着严重的官本位现象？为了解开此谜，我开始系统研究和反思中国传统社会的本质属性。我既从宏观角度研究中国传统社会的政治文化和政治制度，也从微观角度研究一些被人忽视却长期存在的重要制度，如谥法制度。经过自己的深入研究，我找到了权力崇拜的谜底：中国传统社会的本质属性并非封建主义，而是官本主义，权力是衡量社会价值的基本尺度。

第四个谜是为什么我们特别强调小我服从大我，小家服从大家，个人利益服从公共利益？这不可能仅仅是单纯的价值倡导，因为如果没有实质性的制度约束，人们不可能让家庭的私人利益自觉地服从国家的公共利益。那么，究竟有哪些制度在塑造着中国人的行为模式，它们又是怎样塑造中国的家庭国家、个人集体，以及私人公共关系的？我发现，中国传统的株连制度、保甲制度、荫庇制度和丁忧制度，都在塑造并强化着家国同构和忠孝一体的制度与价值范式，并从实质上打破了私人与公共、家庭与国家、社会与政治的边界。正是这些制度，塑造了中国人的个人集体、私人公共、家庭国家关系模式。我选择其中的丁忧制度做个案研究，基本上可以解开我心中的谜思。

问：解谜应该算是您走向治学之路的直接动因，那还有没有更深层的驱动呢？

俞可平：中西方学者都在尝试解释中国发展之谜。西方的经典解释认为中国改革的成功是因为中国先改经济没改政治，而苏联的改革之所以失败是因为先改政治后改经济，典型的代表是美国很有影响力的学者谢淑丽（Susan Shirk），她有一本书就叫作《中国改革的政治逻辑》。

但这个观点其实和我们的感知并不一样。她说我们没改政治，但是我们的个人经历和官方话语的建构都并非如此。中国官方话语中每次讲到改革都有政治改革的内容，从实践上看我们的政治生活变化也确实很大。从"以阶级斗争为纲"到党的十一届三中全会后的以经济建设为中心，每一次党代会、每一次国务院工作报告中都有政治改革的内容。事实上，我们的政治变迁不仅反映在话语体系上，也反映在每个人的个人生活体验中。

那么为何会有这种中西方差异呢？我开始思考这个问题，而后发现原因在于我们对政治的理解不同。西方对政治的理解是多党政治、国家领导人普选和三权分立，等等。从这个角度看,我们似乎确实没有变化。我们变化在哪里呢?我作为政治学者去思考,发现我们的政治变化其实是治理的变化,是国家治理在变。央地关系的改变,政府从管控型走向服务型,国家从人治开始走向法治,政治信息从封闭变得公开,开始强调民主执政、依法执政和科学执政。所有这些变化确实不是西方学者眼中的政治变革,而是治理的变革。我们做研究的人,对这一点要有清醒的认知,即人们对政治内涵的理解并不相同。

问:在您治学的早中阶段,有哪些您认为很重要的治理问题需要研究?

俞可平:当时我关注的问题都与治理有关系,也都是社会的痛点问题。20 世纪 90 年代末已经出现了两极分化,贫富差距、城乡差距和区域差距在持续拉大,我把它们叫作"新三大差别"。这怎么解决?同时,老百姓富裕了,但为什么还有很多不满,"端起碗吃肉,放下筷子骂娘"?这涉及社会公正的问题。20 世纪 90 年代末社会犯罪率开始增加,怎么解决这个问题?同时,当时也开始出现生态问题,伴随新一波市场经济热潮,不计成本地生产,环境问题就出现了。我们研究现实问题的人很敏感,马上就知道严重的问题出现了。我当时写了关于现代化进程中的代价、现代化进程中的民粹主义、呼吁更加重视公平正义等一系列文章,提醒人们关注现代化所带来的沉重代价。

这些问题我认为只能通过改善治理来解决，只发展经济是不行的。当时很多人倡导政治改革，包括我自己。但讲政治改革一直比较敏感，而治理改革是工具理性，反对的人不多。此外，治理还可以提供一个通识性的工具，是沟通政治学、经济学等各个学科之间的共同话语。我在引进治理理论的时候，当时也有一些人抄袭我的文章。我对此并没有不高兴，这说明他们接受了治理的理念。21世纪初，治理理论在学术界已经成为热点，党的十八届三中全会把推进国家治理体系和治理能力现代化当作全面深化改革的总目标后，治理问题进一步成为全社会的热点。

问：请概括您所经历过的中国治理重大事件？

俞可平：我经历过太多重大事件。首先是"文化大革命"。我于1959年出生，"文化大革命"开始时我八虚岁。"文化大革命"时我是红小兵，曾做过公社的红小兵头目。村中的"黑五类"也要归我们红小兵管，每天早上带他们去给村子做大扫除，印象非常深。我当时想，这些人挺好的，为什么要斗他们？这个对我的影响太大了。我一直将参与政治当作本分，也当作一种责任，与这些经历有很大关系，这也是我们这代人的特点。之后是改革开放，这是第二个大事件。我的青年时期经历了这么大的变化，我深深地被触动，从此开始思考政治和治理。

当然，还有后来苏联的解体，到今年美国大选特朗普下台，这些都是政治和治理的重大事件。新冠肺炎疫情更是影响全人类的大事件，这已经再一次改变了我的研究领域。我此前一段时间决定只"仰望星空"了，看古书、看政治经典、编《政治通鉴》、研究西周和古希腊政治思想，关心现实但不研究现实。但新冠肺炎疫情是改变人类的大事件，我认为学者有责任去关注和研究，于是我又把一部分目光收回来了。目前我主持了一个巨大课题："新冠疫情与国家治理"，是基于20个国家和国内8个地区的比较，这是一个有重大意义的研究计划。

我们经历了很多重大事件，第一，要反思。经历完要反思，而且是从学者角度的反思，努力寻找深层的原因。第二，要有所作为，从这些重大事件当中吸取一些经验和教训。否则，怎么能够尽一个学者的责任？这些话讲给别人听很多人可能会笑话我，但是我真是这样想的。我就讲做学问，这是我的志业。做学问对我来说，不仅仅是职业，更重要的是事业。

问：往回再看，有哪些您曾经认为很棘手的治理问题已经大体解决？有哪些曾经不受关注的问题变得突出了呢？

俞可平：最主要的棘手问题是贫穷，已经基本解决了。贫穷是人类发展的大问题，不只是中国的问题。解决十几亿人的吃饭问题，这是中国共产党最了不起的地方。

有些人可能会认为，我这样看问题似乎要求太低了，人家发达国家早已解决了。但我们看问题，还得从中国的实际出发。此外，原来我担心的生态问题、廉洁问题也开始得到有效解决。

但也还有很多问题没得到解决。一是社会公正，比如贫富差别、城乡差别和区域差别这"三大差别"。二是核心价值观的落地方案。核心价值观很好，十二个核心价值中有六个是政治价值。但是只倡导不行，要去推动它落地，需要有制度、措施。我离开中央编译局回到北大之前，给《北京日报》写的最后一篇文章题目就叫作"要把核心价值观当真"。现在到处都贴着核心价值观的标语，但要当真，要真正地去做。要是没有民主、没有自由、没有公正，哪还有社会主义？社会主义和资本主义相比之所以优越，是因为我们在人类核心的基本价值上应当比后者做得更好。三是文化转型没有完成。现在传统文化、西方文化和马克思主义社会主义文化三种文化共存，我希望尽快融成一种新的文化，不要相互对立，要相互融合，把好的留下来形成一种新的中华民族的先进文化。现在有点撕裂，对于一个问题大家往往相互打架，如果个别人打没问题，但群与群之间打，这就说明文化价值观出问题了。这个问题不解决，社会就会撕裂，会出大问题。

20. 探寻中国治理之谜

问：中国治理研究应该如何发展，主要有哪些面向？

俞可平：我希望中国治理研究从三个方面发展。一是研究人类治理的共同规律和理想状态。一个伟大的民族必须有对未来的理想。理想不是空想，而是要顺应全人类国家治理的普遍规律，所以要更加重视人类治理规律的研究。我在学校开了一门很小的讨论课，叫"人类理想政治状态研究"，专题探讨这个问题。

二是研究中国特色的治理现代化，或者国家治理现代化的中国特色是什么。我认为这个问题还需要研究。现在的官方语言讲中国共产党的领导就是最大特色，这当然是客观事实。但如果以为有了这个结论就不需要研究中国治理的特色了，那也太简单了。我们要用学术的语言，从学术的角度、政治学的角度去研究真正的中国治理特色是什么。我也在做这方面的工作，我和国外学者交流中国治理特色时会区分官方话语和学术话语。要以学术的语言概括中国的治理特色，国际才会接受，才会认可中国治理的不同。但不同的基础首先是相同，所以一个很重要的问题是共同的东西是什么，怎么让国际理解中国治理。

中国的国家治理毫无疑问带有许多自己的特色。第一，多元治理，但党是主导。现在政府、社会组织、社区、公民都参与治理，甚至还有企事业单位参与治理，这是多元治理，但是党又是主导的。第二，增量改革的路径依赖。增量改革是加法，以扩大利益为主。我们对此有路径依赖，不搞休克疗法，简单说就是"老人老办法，新人新办法"，但问题是该突破也要突破。第三，以点带面。我们做事都采用试点的方式，用学术语言说就是政策试错。第四，样板引领。到中国任何地方去，都一定会把最好的东西展示给你，这其实是中国治理模式的一个特征。说得难听一点可能是"你就只给我看好地方"，但积极地去想这是有好处的，它树立了样板，大家都向它学习，今天的它就是明天的你，起到了示范作用，这也是很好的一种治理模式。第五，法治德治并存。在走向依法治国的过程中，以德治国或者德治也很重要。这些都和西方不一样。

三是研究政治发展。我希望中国的治理研究慢慢地也会把治理现代化与政治发展联系起来。现在大家都在讲治理，但治理毕竟是工具理性，最后的价值理性还是政治发展。从研究的角度来讲，这一点也无法避免。

问：展望未来，中国治理有哪些重大的议题需要继续深挖？

俞可平：有很多议题还需要大力研究。第一，民主与法治的关系。尽管对此我有自己的看法，但现在还不能随便下结论，还有争论。第二，党政关系。我们经历了党政分开到后来实在分不开的党政合一。在党政关系上，到底是合还是分，合到什么程度，分到什么程度？这些问题都还没有解决。我现在也开始研究这个议题。第三，党的领导与依法治国和人民当家作主的关系。这三者有机统一是我们的理想政治模式，但如果不统一、有冲突怎么办？怎么实现有机统一？第四，在中国模式下集权与分权的关系、中央与地方的关系。第五，国家治理的中国特色与共同规律。

应该说这些都是大问题，我希望更多研究者聚焦这些问题，给出具有解释力和生命力的答案。

问：您认为中国治理研究对实践的影响体现在哪里？

俞可平：总体上来说，研究对实践有一定的引领、影响、鼓励的作用。我原来在中央机关工作，参与了不少决策，应该说我和团队的研究对于推进国家治理的现代化实践还是起了一些积极的作用。首先，引领的作用，我们积极倡导治理和善治，受到了普遍的关注，成为理论的热点。其次，影响决策的作用。比如我们提出的协商民主、政府创新、社会治理，都影响到了决策实践，很多概念也进入了官方文件，比如善治。最后，鼓励导向的作用。鼓励那些好的改变、创新，比如我们发起的"中国地方政府创新奖"和"中国社会创新奖"等。

我的体会是，我们之所以能起到这些作用，一个重要原因是因为我长期在体制内工作。在中国要想引领实践，需要有相互之间的信任感，这种信任在体制内更容易达成。在体制外很难影响，因为如果信任度不够，好意也会被认为是说三道四。中国到目前为止的决策机制还是以内部决策为主，外部听证咨询为辅。内参调研比外面的倡导要重要得多，也是主要的决策依据。在《权力与权威》新书座谈会上，一位有名的教授问我，"俞可平老师你给我讲讲真话，这个书出版社删掉了多少，哪些删掉了"。我如实告诉他，我的书完全没有删节。为什么呢？因为有一个基本的信任，既信任我的基本观点和结论，也信任我的出发点是推动国家和社会进步，还信任我了解和掌握政策的尺度。

其次是积极参与公共政策议程。学者要有一种推动社会进步的强烈责任感，要积极主动地参与现实的政治生活，参与决策调研和政策制定。如果你是立志推动公共事务进步的学者，就要主动去参与决策和社会实践。在回北大前，我每年都会花大量时间参与调研，并与党内的许多改革派官员建立了友谊。通过参与，也会改变和调适自己的部分学术逻辑，使自己提出的政策建议更有针对性，提出的理论对实践有更强的解释力，从而使自己的学术更好地服务社会实践。

第三点是要有自己的学术立场，不能走极端。我自己有一个座右铭，"不左不右，走人间正道"。有一段时间右派批评我是左派,左派批评我是右派,但其实我是中间派。我不走极端,我觉得谁正确就同意谁的观点。

第四点是主要观点要转化成主流话语,否则理论与实践就是两张皮,很难合而为一。纯粹的学术话语学术圈外的人听不懂。"善治""治理"容易成为主流话语,而"良治""治道"就不容易进入主流话语体系。"协商民主"也有人译成"商谈民主""审议民主"等,这些翻译当然不能说错,但却不容易进入主流话语,"协商民主"就更容易被接受。当然,如果你只想从事学术研究,完全没有考虑去影响现实,那译成什么都无所谓,只要不错译就行。

问:您怎么看中国治理研究本土化和国际化之间的关系?

俞可平:简单来说就是两者之间有机结合,在本土化和国际化之间达到一个动态平衡。20世纪初我就在《人民日报》发表过怎样处理好政治学研究的国际化与本土化关系的文章。我认为任何一门学科的发展离不开国际化和本土化的结合,一定要结合,不能偏颇。学科有共同的公理、共同的规律、共同的话语体系,各国之间必定有共同的东西。从国际化来讲,发达国家在许多方面先行一步,许多东西先出现于西方国家,但这并不等于这些东西就是西方的。只要是人类共同的文明,无论是物质文明,还是

追求有尊严的幸福生活

精神文明和政治文明，我们都要学习。从本土化来讲，中国是非常有特色的，必须要本土化，从本土化当中吸取营养，否则学科会没有根基。比如政治学这门学科40年前开始恢复后，起初比较偏重国际化，到现在越来越重视本土化。但现在我担心过分强调中国特色、本土化，把政治学作为人类知识体系的一些共同的原理、共同的价值淹没了。我们不能以中国化、特色化去抵御国际化和全球化。

所以我反对两个极端。什么时候偏重哪一侧，要视当时的情况而定。改革开放初期我们连一些基础性的知识都没有，只能从西方引进，必然更强调国际化；学科发展到一定程度，本国的经验和实践日益重要，自然会更强调本土化。往后，等我们更加强大自信了以后，我们又会强调国际化，那时会更加重视让我们中国的研究成果走向国际。现在我们过于担心国际化"吃掉"我们，所以过分强调中国特色，甚至到了以"中国特色"抵御普遍公理的地步，这是有害学术研究和学科发展的，对此我们要有清醒的认识。

问：您有如此多的优秀研究作品，那么在研究生涯中还有什么遗憾吗？

俞可平：首先我觉得自己很幸运，天生睡觉少、精力旺盛、身体好，做学问时间充足。我确实是一个享受学问，享受人生的人。我特别赞同亚里士多德的观点，最高的善，就是让每一个人都幸福地生活。做一个官，你要为公民的幸福生活奋斗；做一个学者，既要尽社会责任，同时也使自己享受学问的幸福。我从来都说一个人要尽社会责任，我做很多事都会尽我的社会责任，也从来不会为了自己的利益损害其他人的利益。这其实是做人做学者的底线，可惜很多人忘记了。

如果说有什么遗憾的事，那就是我的很多有关国家的理想还没实现，比如前面提到我希望中国成为全世界最向往的地方，不要让我们的精英移民到外国，而是要外国精英移民到中国。我觉得这个我们是能够做到的，但是很可惜，我们错过了一些历史机遇。这是我特别遗憾的，有时候想起会特别伤心。

大道不器：学术的代际传承

问：您提到了您的研究团队，关于这方面您的建议是什么？

俞可平：我在这方面比较有发言权。你熟悉的何增科、杨雪冬、陈家刚和周红云等，原来都是我在中央编译局的研究团队的。他们现在已经成为各自领域的顶级学者（leading scholar）。从他们进入中央编译局，到他们确定各自的研究领域，并做出优秀的研究成果，我都提供了力所能及的帮助和支持，亲眼见证了他们的学术成长之路，也亲身参与他们的许多学术研究过程。在这方面确实有一些体会和经验。

我认为学术团队建设最主要的就是要引导方向。学术引领非常重要。一个团队要有一个好的引导；如果引导歪了，那就完了，到最后什么都没有留存下来。现实诱惑太大了，但学科一定要有基础研究，要"仰望星空"。做现实研究，和地方政府合作是可以的，但是我们必须有一支力量做基础研究，这就是学术引领和学术责任感。我的导师赵宝煦先生在为人、治学、生活等各方面都给了我很大帮助，但影响最深刻的，是推动学术进步的责任感，这是老师给我的启示。

第二，我认为要给年轻人创造各种各样的机会。这种机会包括给他们搭建学术平台，让他们去参与重要的决策、重要课题的研究。如果什么活都自己干，自己累死团队也带不起来。我在北大当院长的时候也比较轻松。对于我来说，一个好院长重要的是做到以下两点。一是思想自由，兼容并包。为学者提供一个宽松自由的学术环境，比什么金钱地位都强，这其实也是北大之所以成为北大的主要原因。二是尽最大的努力维护每一个学生和每一个老师的正当权益。学问交给学者自己去做，这样就可以了。

另外，对文科来说还有两个方面也很重要。一个是参与社会实践，让他们去调研甚至是挂职；另一个是对外交流，送出去、请进来，让他们扩大视野。我认为这些都对年轻人有帮助。

问：在团队工作中，您是否觉得不同代际的研究者会存在代沟？

俞可平：我自己与前辈、年轻人没有感觉到代沟。虽然代沟是客观存在的，但我知道每一代人有每一代人的使命和想法，不能用我们这一代人的想法去衡量上一代人；反过来讲，也不能用我们这一代人的标准去要求和评判下一代人。很多人批评现在的年轻人不如上一代，我不这样认为。我非常希望了解学生。大学请我去演讲，有时我会要求开一次学生座谈会。在我们系也有本科生午餐会。座谈会上学生可以问我任何问题，我在最后也会问一些能反映他们价值观的问题，他们可以不回答，但回答一定要讲真话。这样我才能了解学生，才能了解国家的未来。

一位书法家友人给我写了个古训："大德不官，大道不器，大信不约，大时不齐。"意思是道义之人不一定要做官，做任何事都可以弘扬正义；追求人类的远大目标，不需要拘泥于某种形式；真正的信任，不需要事先做出具体的约定；真正的守时，不需要精确到分秒。我认为我自己身上传承了中国传统士大夫的精神,"达则兼济天下,穷则独善其身"。我始终有一个追求,我只要有一点能量,我就要为这个社会尽责任。实在没办法了,我把我的学问做好,通过学术来给社会尽责任。

问:谢谢您,俞老师。您有什么特别想要对年轻学人说的?

俞可平:我就说两点期望:第一,希望年轻的学者或者学生既要讲政治,也要讲政治科学。讲政治是我们中国的特色,但我们还要讲政治科学,比如怎样民主执政、依法执政、科学执政,怎么实现治理现代化,怎么实现权力的合理配置、让权力在增加国家的公共利益和公民的权利上起最大的作用。讲政治科学,就要重视政治科学,要把政治学当作科学,当作一门基础的社会科学来看待,发挥它应有的作用。现在报考政治学的学生不多,我希望有更多的年轻人能够投身到政治学研究和中国治理现代化事业中来。

第二,国家的现代化离不开政治现代化。没有高度发达的民主政治就不可能有中华民族的伟大复兴。我希望有更多年轻学生和学者能够认识到政治的进步是人类最重要、最深刻的进步,能够更多地投身于推动中国和人类政治进步的事业。大多数人并不了解政治的进步其实是最深刻的进步,他们只关心身边的空气质量、食品安全、孩子教育等具体现实问题。但我经常说,知识分子要多问一个

20. 探寻中国治理之谜

问题。房价为什么会高？环境为什么会污染？食品安全怎么解决……这些问题深究到最后都与权力有关，都是政府的责任。如果能够依靠民主和法治，做到"权为民所赋""权为民所用"，很多问题可能就解决了。

总之，作为学者多问一个问题，就可能为现实多找到一种解决问题的办法。决策者不要只听学者的恭维话，不仅要宽容，而且要鼓励学者发表独立的观点。唯有如此，治理才能更善，更美。

主持剑桥大学著名学者昆廷·斯金纳教授演讲并与其对话

追求有尊严的幸福生活

2009年在日本立命馆大学演讲

21. 学者俞可平[*]

12月3日，北京的夜晚已是寒气袭人。不过，在北京大学一间能容纳数百人的大教室里却暖意融融。刚刚辞去中央编译局副局长、出任北大讲席教授的俞可平，正在这里给同学们做公开讲座，他演讲的题目是《政治学的公理》。

"政治学是一门古老而又充满生命力的学科，政治生活有自己内在的运行规律，这个规律便是政治学中的公理。"俞可平用他那带浙江口音的普通话说，"如果违背了这些公理，无论是谁都会受到惩罚。"

作为中国最知名的学者之一，俞可平因2006年发表《民主是个好东西》一文而蜚声海内外。在担任中央编译局副局长的14年中，他积极倡导国家的民主自由，追求国家和社会层面的善治，屡次发声褒赞民主，亦被视为体

---

[*] 原载《中国新闻周刊》2015年第48期。

制内民主的思想推手。

2008年,他因此被中国经济体制改革研究会评选为"改革开放30年30名社会人物"。

在演讲中,这位新上任的北大政府管理学院院长告诉台下的学生们,"民主是人类进步的历史潮流,是一种理想的政治模式,是现代政治学最基本的公理","在人类发明的众多不同制度中,民主政治是最理想的社会制度","民主绝对不是独属于西方的价值观,而应该是全人类的共同财富"。

而就在这次演讲的前一天,俞可平在接受《中国新闻周刊》记者专访时表示,作为一名政治学者,除了推动中国现实政治的进步之外,他还有种强烈的责任,"希望推动中国政治学的发展"。

"这两种责任有时是一致的,但是有的时候是不一致的。以前,我在(中央)编译局以推动现实政治的进步为主,倡导增量改革、政府创新、社会治理等,但也没有放弃学术。现在,我希望能倒过来,以推动学术进步为主。毕竟人的精力是有限的,如果再不转型,时间很快就过去了。"俞可平说。

但对一名中管干部而言,这样的转型却并非易事。

辞职

自1988年从北大毕业后,在短暂的留校后,俞可平很快就调到中央编译局工作,并且一干就是27年,从一名普通的助理研究员成长为局领导。其间,创造了多项局里的记录:最年轻的研究员、最年轻的所长、最年轻的副局长……

"我对(中央)编译局一直心存感激,因为这里的领导和同事给予了我太多。"俞可平说。

但热衷学术的他越来越意识到,自己内心更希望做一个纯粹的教授。这种意识在过去四五年变得愈发强烈。

"这些年,我多次申请辞去行政职务,回到大学做学问。但一直没有得到批准。"俞可平说,"我很高兴这次中央领导同意我回北大,这表示他们尊重我的兴趣,毕竟大学有更广阔的学术空间。"

尽管从政多年,俞可平至今仍保持着一个学者的习惯和作息:喜欢爬山、游泳、射击,不跳舞、不去卡拉OK、很少应酬,每天晚上只睡六个小时,早上起来第一件事就是读书、做学问。

结果是,其学术影响力不但一直在政治学和国际政治研究领域中保持领先地位,而且据不久前上海交通大学发布的一项统计显示：过去十年中，在马克思主义研究领域，俞可平发表论文的引用率也高居榜首。

俞可平重回北大虽然只是一次人事调动，但消息一经媒体披露，还是引起了不小的震动。有人猜测，他肯定是鼓吹民主，犯了错误，被边缘化，不得不离开；也有人怀疑，俞可平是不是对改革失去信心？心灰意冷，提前隐退。

"这些猜测都是捕风捉影。"他告诉《中国新闻周刊》记者，"我只是希望能有更多的时间做学问，实现一个学者推动学术进步的愿望。"

在俞可平看来，做学问有两种：一种是"尘世的学问"，一种是"天国的学问"。"这两种学问的性质不一样，前者是对策研究，为现实服务，后者是纯学问，属于基础性的理论研究。"他说。

重回校园的俞可平，希望能做自己的"天国的学问"。

他说，"现在中国的综合经济实力已经很强大了，但具有世界影响的原创思想、原创理论太少了，我们这么大一个国家，在这么重大的转型时期，需要有我们自己的思想，特别是政治思想"。

他坦率地告诉《中国新闻周刊》记者，"以前在中央编译局，尽管是分管科研，但行政事务仍很多，确实感觉时间不够用"。

21. 学者俞可平

同时,俞可平也希望用自己的行动实践中央提出的干部能上能下的用人原则。"我做了 14 年的副局长了,我自己研究的就是政治体制改革,(了解)一般一个干部在一个岗位上不得超过八年,我已经超过任期六年了,我应当带头能上能下。"

从一名中管干部到大学教授,变化是显而易见的。首先,没有了司机,坐了 14 年专车的俞可平,现在需要自己开车上下班。其次,没有了办公厅、秘书处,以前打个电话就可以办好的事情,如今得靠自己。

不过,这些对俞可平来说,并不是什么问题,"我很喜欢开车,没有人服务,我也很习惯"。更主要的是,他一直对社会的官本位思想很抵触,不迷恋权力。在他看来,做一名学者是更好的追求。

有一次,俞可平在浙江大学与学生座谈时说,"如果你自己觉得自己非常优秀,非常聪明,那么我提一个小小的建议:你最好去做一名学者。为什么呢?你想想,现在是民主政治,你官再大,再聪明,你的权力也是受到制约的。但是如果你成为一位学者,你的潜力就可以得到最大限度的发挥"。

没想到几年后,他以自己的亲身行动实践了当年的建议。

追求有尊严的幸福生活

求学

俞可平1959年7月出生在浙江诸暨的花山村。这里自然条件优越,有山有水,湖田涝了有山田,山田旱了有湖田,是方圆出了名的富裕村。当地自古就流传着"游遍天下,不如花山脚下"的说法。

不过,童年的俞可平生活却相当艰苦。"我出生于一个地道的农民家庭,7岁开始养活自己,半天在山里放牛,半天上学读书。"他告诉《中国新闻周刊》记者,刚满17岁时,他就和村里的青壮劳动力一样,每天为了挣够10个工分,在生产队从事繁重的体力劳动。

如果没有改革开放以及之后的恢复高考,俞可平可能一辈子也很难走出花山村。幸运的是,1978年这个19岁的青年考上了绍兴师专(现绍兴文理学院)政史系,并一步步从厦门大学哲学硕士,读到了北京大学国际政治学系的博士。

后来俞可平回忆说,当年高考正值农忙时节,作为生产队负责农技的干部,他甚至没有时间准备考试,"那个水稻要是生虫生病什么的,就会减产,甚至颗粒无收。如果我没管好,收成下降了,那我是个罪人啦"。从田头爬起就去赶考,不脱产复习考上大学,当年在花山村周围一

21. 学者俞可平

度传为美谈。

在绍兴师专，俞可平学的是政史。之所以选择这个专业，和当时的社会环境有很大关系。他告诉《中国新闻周刊》记者，"我们这代人受谁的影响最大呢？毛主席啊。他老人家自己很喜欢读历史书，也倡导我们要学历史。但当时学校没有单独的历史系，只有政史系，所以我就选了它，但更偏向历史"。

但在读中学时俞可平更喜欢理科。他回忆说："我小时候兴趣很广泛，尤其喜欢自然科学，年轻时甚至自己造过土枪和火药。"他还记得，当时由于根本找不到带来复线的无缝管做枪管，就用农药喷雾器上的喷雾管代替，"没想到一扣扳机，就炸裂了"。

至今，俞可平仍对射击保持着极大的兴趣，一脸书卷气的他甚至可以打移动靶。这让很多初次与他打靶的人惊叹不已。

出于对理科的喜爱，大学期间，这个文科生还旁听了高等数学、普通物理等课程。不过，彼时的俞可平深受毛泽东的影响，在考硕士研究生时，他选择了毛泽东钟爱的另一门学科——哲学。

在厦大期间，俞可平又对政治学产生了兴趣。在硕士毕业前，他报考了北大国际政治系刚刚设立的政治学博士点。但与前两次不同，这次他开始有了自己的判断。

· 253 ·

追求有尊严的幸福生活

"之前，我认为毛主席说的都是对的，但改革开放打开了我的视野。"他对《中国新闻周刊》记者说，"当我从哲学系毕业时，已经有了自己的认识。我觉得中国现实社会中，政治起了决定性的作用。了解了中国政治，就相当于掌握了理解中国社会的钥匙。"

从历史到哲学，再到政治，虽同为文科，但跨度还是不小。不过，这段特殊的求学经历，日后反倒成了俞可平的优势。

因为，不久他就发现学社会科学，难度并不亚于学自然科学，而且社会现象复杂多样，只有凭借多学科的视角，才能深刻把握社会现象的本质。因此，"要有历史的眼光，要有哲学的分析，要有政治的远见"。

俞可平在北大的导师是中国新时期政治学的奠基人之一——赵宝煦教授。那一年，除了俞可平外，北大国政系还保送了另一位研究生，同为赵宝煦首次招收的两名博士生，他们一起成为中国大陆有史以来自己培养的第一批政治学博士生。

赵宝煦曾回忆说，俞可平读书很刻苦，20世纪80年代博士生英文底子普遍不好，他此前也没有出国学习的经历，只在美国访问半年，此后到德国等地讲学便都用英文。

导师本来希望俞可平研究国际政治学，这意味着他将有很多机会出国。但没想到,对这个很多人梦寐以求的研究方向,俞可平却不感兴趣。他告诉导师,他想研究中国政治,而且是中国现实政治。

赵宝煦对此非常不解。俞可平解释到,第一,在中国社会,起主导作用的是政治,不是经济;第二,当时胡耀邦做总书记,整个社会洋溢着改革的氛围,作为研究政治学的人,应该参与到改革当中去。

就这样,俞可平开始专注于中国现实政治的研究,而这些努力最终在三年后,凝结为他的博士论文《当代中国政治的分析框架》。

俞可平的副导师、北京大学教授李景鹏评价说,这篇论文虽然针对的是中国现实,但借鉴了很多西方的政治学理论。俞可平在北大就读博士学位期间发表的第一部专著,也确实是《西方政治分析新方法论》。

由此之故,不少人误以为俞可平是研究西方政治学的。"其实,我只是借鉴别人的工具。我们习惯于做定性分析,我想看一看西方人是如何对政治做定量分析的。"俞可平说。

毕业后,导师赵宝煦原打算让自己的得意门生留校教书。"但80年代北大房子紧张,俞已经成家,毕业留校后,一居室也要不到。"赵宝煦回忆说,"正好中央编译局的几位老教授对他印象深刻,就把他调去,给了三居室。

我们当时不能不放人，但都觉得很惋惜。"

尽管离开了北大，但俞可平一直把自己看作北大人，对母校怀着一种特殊的情感。这种情感甚至影响到他的家人——他女儿在填高考志愿时，就非北大不报。

今年11月重回北大后，俞可平在北大政府管理学院发表履新演讲时特别提到："27年前，我离开北大时，身上怀着作为一个政治学者的强烈责任感。这种责任感就是：推动中国政治的进步，推进中国政治学的发展。为什么会有这样一种责任感？那是因为母校的教学和熏陶。"

探路

20世纪80年代末的中央编译局正面临一场转型，从单一的翻译机构向兼顾学术研究和政策研究的智库转变。这给年轻的俞可平提供了施展抱负的舞台。

初到编译局的俞可平"很安静"，没有人估量到这个助理研究员的潜力和胆量，但很快他就显示出了不同。

1990年，刚入职两年的俞可平发表了一篇谈论人权的文章《马克思主义人权观》。他在文中说，人权是人类的基本价值，而在一些国家人们对人权则一直缄口不语。

这是一个大胆的举动。"过去谈论人权是禁区。"据俞可平当时所在的当代马克思主义研究所原所长詹汝琮回忆,文章将人权和马克思主义联系起来,"大胆而有分寸"。

多年后的今天,俞可平回想当年的情景仍颇有感触。"我研究现实政治和意识形态,当然知道它很敏感,但我是初生牛犊不怕虎。"

不出意料,文章发表后引起了很大反响,也招致了很多批评。中央很重要一个部委的司长,拿着文章说,俞可平鼓吹人权,是打着马克思主义的旗号,宣扬资产阶级的观点。还有一些人直接给中央编译局局长打电话施压。

不过,局领导很支持这个大胆的年轻人,都给顶了回去。"我非常感激他们,没有他们的宽容和理解,不可能有今天的我。"俞可平说。

作为中共中央直属机构,中央编译局负责编译和研究马克思主义著作,翻译中共中央重要文献和领导人著作,是典型的中共意识形态机构。

但由于编译的需要,这里的工作人员能够接触到很多普通学者接触不到的国外文献,包括一些敏感材料。所以中央编译局尽管在关注的内容上颇有意识形态特征,但他们反而思想更开放,更具国际眼光,学术环境也比较自由。

"我们既不是大学,也不是政府机构,介于中间。"俞可平说。

正是这种相当自由、宽松的小环境，使得屡触敏感话题的俞可平，不仅没有受到批判，反而获得了破格提拔。这个执着于学术研究的年轻人，很快就成了单位最年轻的研究员。

此时的俞可平在中国年轻的政治学者中已开始崭露头角，他甚至在20世纪90年代初就组织发起了"全国中青年政治学论坛"，而参加者大多是年岁大他一轮的学者。他在1994年应邀去美国杜克大学任访问教授，1995年又赴德国柏林自由大学任客座教授。

2000年前后，俞可平已经成为国内举足轻重的政治学者。他和中央编译局团队开始大量接受官方委托的课题研究，为高层决策提供政情信息和理论支持。

除了在理论上为中央提供决策服务外，俞可平逐渐意识到实践的重要。他开始为中国的政治改革寻找现实路径，希望找准突破口，用最小的社会和政治成本，推动实质性的社会和政治进步。

2003年，他和同样致力于民主政治探索的现任中共中央党校党建教研部主任王长江，以各自单位研究中心的名义共同发起"中国地方政府创新奖"。

"我们没有红头文件，"俞可平说，"我们凭着对推动社会进步的责任感来做这件事。"

这项持续至今的评选，如今已获得了广泛认可。前后有2100多个省、市、县、乡镇等地方政府的创新项目参与了申报，范围覆盖了中国大陆的所有省、直辖市和自治区，为中国政治体制改革提供了可操作的宝贵经验，也建立了至今国内最大的"中国民主治理数据库"。

作为体制内的高级别官员，俞可平倡导民主，积极推动政治体制改革，认为"政改不是一件'应当'做的事，而是一件'必须'做的事"。但同时，他又从现实出发，不脱离实际，强调改革路径的可行性和政治成本。

一些西方媒体和学者对中国的政治体制改革充满争议，认为中国30多年的改革只有经济改革，没有政治改革。

对此，俞可平并不认同。他认为，政治改革和经济改革是双向互促、不可分离的。改革开放以来，中国社会的各个领域，包括政治领域在内，都取得了明显的成就。但中国的政治改革主要是治理改革，不涉及基本政治体制的变动，不能用多党制、最高领导直选、三权分立等政治标准来评判。

"中国的改革开放是一项整体的社会变迁工程，整个中国的政治生活都发生了巨大的变化，而这些改革，更多是发生在治理领域。"他说。

他认为，中国采取的是基于路径依赖的增量改革，"不搞休克疗法"，在治理结构上以党组织为主导，更加重视协商民主和决策民主,并试图将选举与推举结合,法治和德治结合,以善治为目标。

正是基于这种考虑,俞可平创造性地提出了"增量民主"的概念。他告诉《中国新闻周刊》记者:"简单地说,增量民主就是中国增量改革在政治领域的体现。"

依据这一理论,所有政治改革都必须在不损害公民已有合法权益的前提下,尽可能地增加原来所没有的政治利益。通过持续不断的政治改革,达到政治生活中的最优。

在俞可平看来,增量民主是在中国目前特定的条件下,以现实的政治手段达到理想之政治目标的一种政治选择,其目标是通过一系列的制度创新来持续地推进中国的民主进程,最终实现善治的政治理想。

出名

作为一名学者型官员,俞可平尽管理论成果丰硕,但让他进入公众视野的,却是九年前他那篇不足2000字、近似白话的文章《民主是个好东西》。

2006年10月23日,《北京日报》理论周刊刊登了一篇题为《关于"民主是个好东西"的辨正》的署名文章,文章的作者正是时任中央编译局副局长的俞可平。

俞可平在文章中写道:"不少读者可能会问:民主是

个好东西,这还有什么好说吗?是的,这有很多话可以说,而且应当好好说一说。"

由于话题敏感,再加上作者的特殊身份,文章很快引起了各方的注意。一些境外媒体将它解读为中国最新政治风向标,认为这是对传统意识形态的重大突破。

不久,12月27日这篇文章又被人民网、新华网和《学习时报》文摘版同时全文转载。"官网""官报"这一不寻常的举动,让此文显得更加高深莫测。一时"解套说""投石问路说"等揣测纷纷出笼,而俞可平本人也被贴上了中共"文胆""智囊"的标签。

事实上,《民主是个好东西》一文只是俞可平一本同名访谈集的自序,并且在此之前已由社会科学文献出版社公开出版。

"当时《北京日报》的编辑看到此书,觉得写得很好,就跟我的秘书联系,希望选登。于是,我就把书的自序给了他们。"俞可平告诉《中国新闻周刊》记者,刊登前他已经预料到影响会比较大,但最后影响超出知识圈、超出政界,甚至超出国界,成为一个公众事件,却是他始料未及的。

随着《民主是个好东西》一文在各界持续发酵并最终扩散于公众,俞可平也在一夜之间成了公众人物,近乎家喻户晓。

而第二年中共十七大召开带来的政治话题升温,让他的声誉再次达到新的高度,使他成为当时中国最耀眼的政治学者。

《民主是个好东西》英文版由美国布鲁金斯学会出版社出版

当时很多猜测,俞可平抛出《民主是个好东西》一文是中共高层的授意,旨在为十七大推进政治改革预热和探路。

九年后的今天,已经退出官场的俞可平在接受《中国新闻周刊》记者专访时,对此做出回应。

他告诉记者,当年他撰写、发表《民主是个好东西》一文与高层没有任何直接的关系,完全是出于一个政治学者对中国政治的直觉判断和社会责任。

"就像一个大夫,行医久了,他能够凭经验、凭感觉,做出诊断。我研究中国政治也有这种感觉,随着中国的经济发展,民生的改善,老百姓一定会有政治的需求。这个时候,民主的要求一定会提出来,这是社会政治发展的必然逻辑。其实,治理与善治的情况也是这样,我在20世纪90年代初倡导治理与善治时,很多人也不以为然,但现在推进国家治理现代化已经成为全面深化改革的总目标,'善治'的理念也在中共十八届四中全会上正式提出。我的许多观点和理论顺应了中国现实政治的逻辑,这一点我很自豪。"俞可平说。

《民主是个好东西》一文在受到追捧的同时,也引发了巨大争议。

一种反对意见认为,在中国讲民主就是否定党的领导,就是不要无产阶级专政,就是要共产党下台;而另一种反对意见恰恰相反,认为这是在为共产党的"专制统治"做辩护,是"伪民主""假民主"。

不过,在俞可平看来,这正是他所期望的——既有来自极右的批判，也有来自极左的批判，"缺少一个，我都感到很遗憾。这说明了我的文章避免了这两种极端"。他的名言是："不左不右，走人间正道！"

《民主是个好东西》一文引发争论后，也有很多人替俞可平担心，怕他会受到上面的打压。当时甚至有传言说他被找去谈话，受到党内警告……

不过，俞可平告诉《中国新闻周刊》记者，事实上，迄今为止他没有因为之前发表的任何观点，受到过上级领导的批评，"没有一位领导跟我说'可平同志，这个不行，要注意'，他们没有给我任何压力"。

就这样，俞可平透过对话语的精准拿捏，在中国完成了一场民主大讨论。而这场讨论的影响延续至今。

一个例证就是，九年后的今天，当俞可平重新站在北大的讲台上时，他那篇《民主是个好东西》仍被台下的大学生们频频提起。

21. 学者俞可平

回北大后创办北京大学中国政治学研究中心，从事政治学基础研究

与柏林自由大学签署《马克思主义历史考证大辞典》中文版合作协议

追求有尊严的幸福生活

主持哈佛大学政府学院前院长约瑟夫·奈的演讲并与其对话

主编的多卷本大型丛书《政治通鉴》第一卷、第二卷书影

22. 政治学的魅力[*]

【编者按】 受《中国治理评论》编辑部委托，北京大学政府管理学院博雅博士后李荣鑫与博士生张肃和李健，对俞可平教授进行了学术专访。采访过程中，俞可平教授以个人求学与科研经历分享了其对中国政治学发展相关核心议题的观点和看法，其深入浅出、诙谐幽默的讲解给在座访谈者留下了深刻的印象。本次专访主要围绕俞可平教授个人学术转型，政治科学作为基础学科的重要性及其与现实政治之间的关系，针对当下学术评价体系的认识，高校师生关系以及对青年学者的期待等方面展开。俞可平教授还就如何处理理论与实践、理想与现实、科研与教学、个人与国家关系等政治学人所普遍关注的问题谈了自己的见解和看法。

---

[*] 原载《中国治理评论》2022年第1期。访谈人李荣鑫为巴黎社会与政治研究中心博士，北京大学政府管理学院博雅博士后，主要研究方向为比较政治、民主理论等；张肃、李健为北京大学中国政治学研究中心博士研究生，主要研究方向分别为政党政治、政治思想史。

追求有尊严的幸福生活

1. 俞老师好！时间过得很快，您回到北大已经有六个年头了。记得当时您在回答记者提问时曾说，您之所以回到北大做老师，主要是因为自己有一种强烈的学术兴趣和推进学术进步的责任感。六年过去了，请问您自己对回北大后的教学研究工作有何评价和感触？

俞可平：我对学问始终抱有极大兴趣。我在中央机关工作整整28年，并且很早就开始担任部门领导，但我从来没有放弃过学问。据说有位北大教授这样说过：俞可平在机关做官，却成天想做学问；有些人在做大学教授，却成天想着做官。这位教授还真说对了。重新回北京大学做一名老师，一直是我的梦想。时间过得很快，转眼间，我回北大已经整整六年。北京大学不仅是我的母校，而且是中国现代政治学的发源地，"思想自由，兼容并包"是谁也无法磨灭的北大灵魂。在我的心目中，北京大学永远是在中国做学问，特别是做政治学研究最好的地方。北大的氛围，特别适合我的个性。回到北大后，我尽可能地放纵自己的学术兴趣，探寻我心中的学术之谜，全身心投入到政治学的基础研究，以期实现我的学术理想。

回北大后，我的学术研究发生了重大转向。此前，我虽然也一直兼做基础研究与应用研究，但重点是应用研究。例如，我从未放弃对政治哲学的研究，包括对马克思主义政治理论和西方政治思想的研究，而主要研究精力则一直放在中国的民主治理、政治改革、党内民主、基层治理和公民社会等现实政治的研究领域。我参与了从中共十四大到十八大中央的许多重大决策调研。我把应用研究或对策研究，叫作"尘世的学问"，而把纯学术研究或基础理论研究，叫作"天国的学问"。到北大后，我把主要精力放在了"天国的学问"。

驱使我做"天国学问"的直接动因，是我心中的"学术之谜"。比如说，中国改革开放这么多年，我们引入了社会主义市场经济，推动民主法治，按照现存的所有理论，无论是马克思主义或自由主义，中国都应当淡化权力和"官本位"的影响。然而，事实并非如此，甚至在最应该淡化"官本位"的学术领域，权力依然支配着学术。究竟是什么原因导致了这种状况？当我在现存的各种理论体系中找不到答案时，我便开始将目光返回到中国历史的传统，提出了一个新的分析性概念："官本主义"（Officialism），并认为官本主义是中国传统社会的本质特征。

又如，儒家、法家、墨家、道家等诸子百家在许多重大问题上都有分歧，因此数千年来争论不休。但在把周朝作为理想政治状态这一重大政治价值观上，却惊人的一致。孔子甚至公开说："郁郁乎文哉，吾从周。"其实，关于西周政治的可信文献很少，我便非常好奇，开始研究周朝的政治形态。还有，"小家"要服从"大家"、私人要服从公家、个人要服从集体，为什么对我们绝大多数中国人来说似乎是天经地义的信条？西方人并不这样，现在的年轻人也不见得这样。究竟是什么样的制度结构，在塑造中国人的价值观和行为方式？我便开始研究中国传统的礼法、谥法、丁忧、株连等极少有人关注却延续数千年的重要制度。

除了这些个人的研究外，回北大后我还依托我创建的北京大学中国政治学研究中心这一实体机构，主持了两项大型基础理论研究工程。一是《政治通鉴》，它已经在中国大百科全书出版社出版了两卷；二是《马克思主义历史考证大辞典》中文版，也已在商务印书馆出版了两卷。这两项工程都是带有标志性的基础研究，分别被列入了北京大学"十三五"和"十四五"发展规划的重点课题。对于《政治通鉴》，我更是雄心勃勃，想打通古今中外的政治经典、政治思潮、政治人物、政治制度、政治事件，建立北京大学的"政治通鉴学派"。

虽说回北大后开始"仰望星空"，但人生活在尘世中，不免要受到现实的感召。新冠肺炎疫情发生后，我很快就认识到，这场疫情将在很大程度上改变当今中国和世界的政治经济格局，深刻影响人类的历史进程。因此，在2020年上半年我就开始关注"新冠肺炎疫情与国家治理"的关系，设立了一个特大型跨国研究课题，对 20 个国家和 8

个国内地区进行比较研究。该项研究共有28个课题组，100多名国内外学者参加。作为一名学者，对任何影响人类的重大事件，都不免会去思考和分析，这其实也是一种无法推卸的学术责任。

2. 我们知道，您曾经修读过历史学、哲学和政治学等不同学科，又是哲学、政治学和国际政治等多学科的博士生导师，可以说跨学科的学术背景是您的个人特色。但您最后选择了政治学研究，您为何如此看重政治学，政治学作为一门基础社会科学具有哪些特殊性？

俞可平：是的，我大学读的是政史系，偏于历史；研究生读哲学，博士生转读政治学。现在回想起来，这其实是一个"从自发到自觉"的过程。我们那一代人普遍崇拜毛主席，之所以选读历史、哲学和政治学，开头主要是受毛主席的影响。因为毛主席最重视历史、哲学和政治。但到了博士研究生期间，对政治学的认识发生了质的变化，对政治学的重视也就从自发变成自觉。

为什么我最后会如此重视政治学，把它作为自己毕生研究的事业呢？这既有感性的体会，也有理性的思考。我亲身经历了"文化大革命"和改革开放的时代变迁。"文化大革命"期间，我所在农村的农民们起早摸黑，非常辛苦，但却极其贫困，大多面黄肌瘦。我自己也饱受饥饿和贫穷的磨难。七岁上小学，便开始"半农半读"，一边上学，一边为生产队放牛，整整六年，直至读初中为止。"文化大革命"结束后，中国开始改革开放，政治路线变了，经济建设取代"阶级斗争"成为党和国家的中心任务，整个国家便随之发生了巨大的变迁。我所在的农村，还是这些农民，还是这片天地，却变戏法似地改变了命运。农民有了自己的楼房和汽车，完全没有饥寒之虑，甚至也要开始减肥了。在我看来，政治简直太神奇了：它可以改变一个国家的命运，也可以改变每一个人的命运。

成为研究生后，特别是成为博士研究生后，选修各种课程，忽然发现自然科学和社会科学的许多基础学科，物理学、生物学、解剖学、语言学、经济学、教育学、伦理学和政治学等，有一个共同的创始人，即古希腊的伟大智者亚里士多德。我在读亚里士多德的著作时，发现他居然在好几个地方十分明确地说：在所有学科中，政治学是"主要的学科""最重要的学科""最高的学问"。如果换成任何其他人说，政治学是最主要的学科，那必定会被人们讪笑。但没有人敢讪笑亚里士多德。我自然十分好奇，便要深究其中的原因。我发现在亚里士多德心目中，城邦（国家）的公共利益是"最高的善"，因为它直接关系到公民的幸福生活，而政治则直接决定着"最高的善"。我概括出了一个"亚里士多德之问"：为什么同一个区域，

22. 政治学的魅力

对同一批人来讲,有的时候落后,有的时候发达;有的时候富裕,有的时候贫穷;有的时候开明,有的时候封闭;有的时候民主,有的时候独裁,原因何在?答案就在政治制度,特别是产生权力和使用权力的政治体制。政治学就是专门研究政治制度的,它就是关于"最高的善"的学问,因此,它是"最重要的学科"。

"亚里士多德之问"虽然距今已经 2000 多年,但在当代世界却同样适用。例如,同样是德国人,东西德分裂后,实行两种不同的政治制度,结果就是一边穷困一边富裕,一边专权一边自由。可见,亚里士多德发现的其实是普遍适用的"政治学公理",政治学确实太重要了。当代西方有一位很重要的政治学家伯纳特·克里克(Bernard Crick),是牛津通识读本《民主》的作者,他在 20 世纪写了一本很有影响力的名著,叫作《为政治辩护》,也表达了同样的意思。他说:只要社会的资源满足不了人类的欲望,那么,主导学科便是政治学而不是经济学。

政治学之所以是"最重要的学科",是因为政治事关社会重大利益的权威性分配。人类社会中最重要的资源和利益,其实都是由权力来控制和分配的,权力的背后则是暴力。所以,马克思说,国家权力机器实质上就是暴力机器。它控制着军队、警察、监狱、土地、矿藏、领空、税收等人类赖以生存的基本物质资源。如果说货币与资本是经济学的核心范畴,那么,权力与权威便是政治学的核心范畴。我经常给学生打这样一个比喻来说明经济学与政治学的区别:经济学集中关注如何以最小的成本生产最多的产品,其支点是价值的生产;政治学则集中关注如何分配经济活动产生的财富,其支点是价值的分配。除了经济学关注的物质价值分配外,政治学还要关注自由、平等、尊严等非物质价值的权威性分配,而这些非物质性价值的分配,对于文明社会来说,其重要性一点也不比物质价值的分配小。违反政治学的公理,人类就要付出专制、愚昧、落后和贫困的惨痛代价。

亚里士多德在公元前300多年就创立了政治学这门基础学科,而且明确断定它是"最高的学问",但与其他社会科学相比,它仍然非常落后。尽管我们从小学、初中、高中,直至大学、硕士研究生和博士研究生的学习阶段,都有政治课,但政治科学的常识却非常缺乏。例如,我多年前曾经做过一个全国性的问卷调查,问我们的国号"中华人民共和国"中,"共和国"是什么意思?结果答案大体正确的还不到30%。还有,我们日常生活中经常听到"人民""公民""居民""国民"等词语,但很少有人知道它们之间的区别和真实意义。一个连什么是"人民"和"公民"都不知道的人,怎么可能拥有真正的"人民当家作主"和"公民权利"意识呢?

22. 政治学的魅力

一方面，政治学如此重要，另一方面，政治学却又如此落后。作为新中国自己培养的第一代政治学博士，我有一种不可推卸的责任，去普及政治科学的知识，提升政治学的科学化水平，从而增强公民的权利意识，推动我国的政治文明建设。

3. 您说政治学如此重要，但普通民众一般都关心工资、福利、教育、医疗等民生问题，确实不那么关注政治问题。不少学习政治学的学生其实也有些迷惘：从国家现代化事业和中华文明进步来看，政治学真的那么重要吗？

俞可平：确实如此，如果问及普通民众最关心的问题，多半是食品安全、环境卫生、交通住房、福利待遇、上学看病等等日常民生问题。有人甚至会说：你们知识分子就是吃饱了撑的，不关心这些民生问题，却关心什么民主问题，民主能当饭吃吗？很多人不会往深里再问一下：知识分子为何要关心民主政治？这是因为知识分子，特别是专家学者，会深入追问：食品为什么不安全？环境为什么被污染？房价为什么这么高？看病为什么如此难？仔细追究就会发现，原来所有这些民生问题的背后都有一个政府管理问题，而所有政府管理都离不开官员的素质和权力的使用。谁授予这些官员权力？当这些官员不能正当使用手中的权力，导致钱权交易、房价高涨、环境污染、看病困难、交通拥堵，从而损害百姓利益时，如何能够撤换这

追求有尊严的幸福生活

些腐败的官员？当官员滥用其权力时，如何能够制约其权力？所有这些问题其实都是政治问题，而且归根到底就是一个授权和限权的问题。政治学清楚地告诉我们：只有在健全的民主政治制度下，才能有效解决授权和限权的问题，保证"权为民所赋""权为民所用"。知识分子之所以关心民主问题，是因为他们最明白：民生与民主密不可分，大量的民生问题只有通过改善民主治理才能得到有效的解决。

改革开放以来，我们确立"两个百年目标"，一个是"全面建成小康社会"，它已经实现了；另一个就是到本世纪中叶新中国建立一百年时，建成社会主义现代化强国。现代化远不止我们原来所说的"工业、农业、国防和科技"这"四个现代化"，它也包括国家治理的现代化。我常说，国家治理现代化就是"第五个现代化"，其实质就是政治现代化。如果只有物质层面的现代化，而没有制度层面的现代化，人们纵使有很高的物质生活水平，也不可能有幸福的生活。试想，如果缺乏民主、自由、平等、安全、尊严和公正这些人类的基本政治价值，即使吃得再好住得再好，能有幸福生活吗？12个社会主义核心价值观，有一半是核心政治价值，即民主、法治、自由、平等、公正、和谐。由此可见，没有高度发达的民主和法治，就不可能建成社会主义现代化强国，也不可能有人们的幸福生活。

22. 政治学的魅力

国家治理现代化或政治现代化，需要政治科学的繁荣。政治学的情况很像医学。人类在很长时间内有医学知识，但没有医学科学，独立的医学科学是近代的产物。一个社会可以只有医学知识而没有医学科学，但没有医学科学的社会，其医疗水平通常是非常落后的。人类自古就有政治思想和政治知识，但没有独立的政治科学也是难以想象的。从民主政治和国家治理现代化的视角看，我们也可以说，没有政治科学的繁荣，就难有高度发达的民主政治，也不可能有国家治理的现代化。

政治学对于推进人类政治进步有着不可取代的重要功用，它有助于揭示社会现象背后的政治本质，有助于确立人类社会的基本政治价值，有助于探索人类社会政治发展的规律，有助于确立政治评价标准。像19世纪德国杰出的生物学家和病理学家鲁道夫·L. 菲尔绍（Rudolf L. Virchow）所说的那样，政治学是"社会的医学"：对社会的政治生活进行诊断，肯定其优点，指出其毛病，分析其病因，提出解决的办法。因此，中国的政治学者不仅要承担起知识的责任和教育的责任，还要承担起政治的责任。要关心现实，针砭时弊，惩恶扬善，弘扬正义，倡导先进的理念和价值，以此推动社会现实政治的进步。

4. 看得出来，您回北大后主要是从事基础研究，也就是您自己所称的"天国的学问"。大家都知道基础研究的重要性,但政治学是一门现实性很强的学科,绝大多数政治学者都关注现实政治,特别是现在从上到下都强调"智库"工作,您为什么反而要如此强调政治学基础研究的重要性?

俞可平:很多人以为,基础研究和对策研究之间没有多少关系,其实这是一种误解,两者有着内在联系。我在中共中央编译局任副局长时,就分管智库的工作,最多的时候曾经负责过七个内参的编报工作。而且由于工作关系,我与布鲁金斯学会等西方智库也多有交流合作,我的英文版《民主是个好东西》就是由布鲁金斯学会出版的。因此,我对国内外的智库都比较熟悉。我曾经专门发表过演讲,谈及国内智库存在的行政化、短视性和实用性等问题。我认为,国内智库缺乏高质量对策研究成果的一个基本原因,就是基础研究薄弱。要全面提升国内智库的水平,必须从加强基础研究开始。其实这也是促使我回北大后,从事政治学基础研究的一个重要动因。

政治学基础研究的薄弱,不仅严重影响了政治学的科学化和学术化程度,也严重影响着专家学者对现实政治的分析水平和对策研究的质量,最终导致了政治学科的社会声誉度不高,给人的印象好像是,政治学并没有多少学问可言,学术的门槛很低,似乎谁都可以谈论政治学。在我看来,要提升政治学的学术声誉,就要提高政治学的科学化程度，这就必须从加强政治学基础研究着手。

为什么政治学的基础研究如此重要？第一，它提供独一无二的政治分析工具，包括重要概念、独特方法和理论观点。第二，它揭示政治发展的规律和政治公理。政治学科学化程度低，与这门学科的公理体系没有得到很好的概括，或不被普遍承认有直接的关系。没有扎实的基础研究，不可能提炼出普遍公认的公理体系。第三，政治学基础研究有助于人们预测未来政治发展趋势。一门学科要受到重视，很重要的一点，就是能够帮助人们预测人类社会未来的发展趋势。人们对国内政治和国际政治常常不能做出正确的预判，这与政治学基础研究的不足有着直接的关系。

5. 您刚才说，您回北大后的学术研究主要是为了解开自己的"学术之谜"，是自己的学术兴致所在。您曾发表了一项关于丁忧制度的研究成果，这是很冷僻的学问，还有您对谥法的研究和对亚里士多德、马基雅维里等的研究，不是冷僻就是离现实很遥远。请问，这些冷门研究难道就仅仅出于您的学术兴趣吗？

俞可平：首先是学术兴趣。我从小就有一种对未知世界的强烈求知欲，总想对自己感兴趣的事情探问究竟。我心中存有不少"学术之谜"，回北大后拥有了解开这些学术之谜的极好时机。探寻这些"学术之谜"，是驱使我追寻"天国学问"的重大动力。其实，探寻"学术之谜"的过程，也恰恰是深化基础研究的过程。我记得钱钟书先生说过，"所谓学问，大抵是荒野老屋中，二三素心人商量培养之事"。我很赞同他的话，尤其是基础研究，没有这样一种"闲情"和"逸致"，恐很难潜下心来。

在目前这样一种普遍比较重视功利和实用的学术生态中，没有这种纯粹的学术兴趣，是很难潜心于基础研究的。毋庸讳言，纯学术的基础研究，比起应用研究来，要艰难得多。不容易获得基金的资助，成果不容易发表，也难以得到社会的认可，这些暂且不说，基础研究对学者的学术积累要求高，研究周期长，所谓"板凳要坐十年冷"，主要就是指基础研究。没有经费的扶持，没有功利的诱惑，那剩下的只能是学术兴趣和学术责任。

6. 很难想象，像您这样一位长期从事和关注现实政治的学者，又曾在中央机关担任过领导，参与过许多重大决策调研，怎么可能忽然不关注脚下的现实世界而只抬头"仰望星空"了。难道您目前所从事的这些研究真的没有一点现实关怀吗？

俞可平：正因为我过去长期从事现实问题的研究，而且经历过了所谓的"名利"诱惑，反倒更容易静下心来专注于自己的学术兴趣。当然，也不能说我从事的这些"天国学问"真的与现实没有一点关系，也不表明我就没有现实关怀了。政治学是研究政治现象本质及其发展规律的学问，本身就是人类政治文明的思想成果。即使是最抽象的学问，也必然包含着一定的现实关怀以及对现实政治的深层思考。

比如，对比较冷门的丁忧制度的研究，其实有助于理解中国"家国同构"和"孝忠一体"的传统政治形态，这种政治传统即使在当下也依然有着深刻影响。再如对权力与权威、良好政体、谥法制度和官本主义的研究，有助于理解现代民主政治与传统专制政治的本质区别，拥有权力不等于拥有权威，民主与法治是清除官本主义余毒的不二法门。可见，这些看似冷门的研究背后，都包含着现实主义的关怀。

7. 作为中国政治学培养的第一批博士，您见证了中国政治学从恢复重建到全面发展的进步过程，也曾在《中国政治学四十年（1978—2018）》一书中，详细梳理了近代以来中国政治学建设的曲折过程以及改革开放以来中国政治学发展的主要趋势。您曾经说过，学术的逻辑与政治的逻辑是推动中国政治学进步的两种内在动力。但许多时候，政治的逻辑往往压倒了学术的逻辑。在您看来，如何才能让学术的逻辑与政治的逻辑实现相互配合而非相互冲突，从而共同推动政治学的进步呢？

俞可平：我一直强调的两种逻辑或两种理性指的是政

治的逻辑和学术的逻辑，或者说政治的理性和学术的理性。在所有社会科学中，政治学与现实政治的关系最为直接，两者难分难离，以至于在漫长的传统社会中，学术逻辑湮没于政治逻辑之中。然而，将政治与政治学区分开来，实现政治逻辑与学术逻辑的并立共存，既是政治学作为一门独立学科得以存在的前提，也是现代政治的独有特色。我曾经提出一个口号，"既要讲政治，又要讲政治科学"，也就是说这两种逻辑我们都需要。在一个理想的社会当中，政治的逻辑与学术的逻辑应当是一致的。两种逻辑相互契合，既能推动政治学学科的发展，也能推动现实政治的进步。如果只讲政治的逻辑、不讲学术的逻辑，认为只要掌握权力和话语，就可以不顾学术发展的规律，这不但会阻碍学科的健康发展，也会对现实政治产生消极影响。

当两种逻辑不一致的时候，就需要努力化解两种逻辑之间的矛盾与冲突。首先要遵循底线原则，即遵循政治的底线和学术的底线。政治的底线就是遵守法律法规，在法律许可的范围内开展研究。学术的底线就是学术自由和学术自主。当政治的逻辑与学术的逻辑相冲突的时候，我们尤其需要注意避免触碰学术的底线，捍卫学术研究的自由与独立。政治的逻辑往往处于强势的地位，很容易干预甚至支配学术研究的进程，扭曲学术的逻辑。中国现代政治学诞生距今已有 120 多年，但政治的逻辑常常压倒学术的逻辑。要实现既讲政治又讲政治科学的局面，使政治的逻辑与学术的逻辑相互契合，还有很长的路要走。这既需要政治学人的不断努力，也需要政治领导人和全体知识分子的共同努力。

8. 尽管大家都知道基础研究很重要，但多数政治学者，包括学生在内，还是更愿意从事现实政治问题的研究，您觉得这是什么原因呢？从事政治学基础研究的主要困难是什么？

俞可平：从事基础研究的人很少，是客观事实。原因主要有以下几个方面：

第一是基础研究本身的性质。从事基础研究门槛很高，投入产出比很低，取得成就的机会也很小。与应用研究不同，基础研究需要耗费大量的时间与精力来整理已有的研究成果、阅读大量的经典著作，但所写的文章却很难发表；即使水平很高的研究成果，也很难得到学界和社会的认同，获得相应的社会知名度。我自己就体会很深，回北大前，许多文章一发表即会产生广泛影响，经常会被《新华文摘》和《报刊文摘》等转载。从"中国知网"上可知，我有好几篇文章的被引量超过千次，这对许多学者来说简直是天文数字了。现在我从事基础研究，投入的精力更多，且每有新发现，但文章发表后没有多少人关心，因为太专业和冷僻了，多数读者不感兴趣。我深知"天国学问"的这种孤冷性质，所以自己的心态很平静。

第二是开展基础研究所需要的外部条件不容易具备。青年学者需要尽快在学术圈立足和发展，面临着很大的考核晋升压力和生活成本压力。而从事基础研究难以获得各种经费的支持，不容易取得成果，有了成果发表也难。基础研究成果的发表难，是普遍的问题，有些学者会责怪学术期刊。但期刊也有一本难念的经，我自己管过学术期刊，知道期刊出于提升影响力的考虑需要引用率与下载量。基础研究产出慢、关注者少、引用率低，自然难以获得期刊编辑们的青睐，也很难申请到国家社科基金和横向课题的资助。另外，政治学的基础研究还存在一定的政治风险。比如，公民社会、合法性、威权政治等概念逐渐成为学术界的敏感词，涉及领袖人物、宗教问题、民族问题的研究都要经受严格的审查。

第三是学术评价的问题。当下的学术评价体系将应用研究和基础研究混在一起，对于从事基础研究的学者来说，更是雪上加霜。这也是为什么，我一直倡导北京大学要带头鼓励基础研究，北大这样的学校如不带头做基础研究，其他大学就更困难了。

9. 您提到学术评价体系的问题，也一直跟我们讲学术评价的重要性，学界对此存在不少争议和困惑。您能讲讲目前我们在学术评价体系方面存在的主要问题吗?

俞可平：当前的学术评价体系确实存在很多问题，首先就是我刚才提到的将两种不同性质的学问混淆在一起，评价标准不够科学。相比于应用研究，基础研究在学术产出上存在天然劣势。除了发表难之外，许多课题资助都优先考虑研究团队，但基础研究不是依靠团队合作来开展的。人类思想史上那些最伟大的作品，都是思想家独立的成果，而不是由团队合作完成的。用同样的一套学术评价体系去衡量两种完全不同性质的学问，是当前学术评价体系的一个大问题。课题资助本身是研究的起点，而不是终点，终点应当是研究成果。但现在一旦获得国家课题和省部级课题的资助，本身就成为学术评价的指标。不少大学把是否获得国家课题当作能否晋升教职的硬杠杠。这种学术评价机制，像我的导师赵宝煦先生曾说过的那样，比赛还未开始，就已经决定谁是冠亚军了。

其次是学术评价中的非学术因素占比过高。例如，对发表文章的期刊和承担的课题，过分看重国家级、省部级、权威期刊、核心期刊等外在的"等级"，有些科研机构和高校甚至把不同级别领导的指示，也当作学术成果的评价标准。所有这些都严重扭曲了学术评价的本义。不可否认，核心期刊或国家级课题相关的研究成果，多数情况下，确实比其他的成果质量更高些。但学术评价的唯一标准应当是学术水平。如果一位学者仅仅因为没有承担"国家级"课题或没有在"权威期刊""核心期刊"发表文章,就不能得到学界应有的承认,那么这种学术评价体系就是有严重缺陷的。

10. 我们都知道您喜欢登山,不仅喜欢在登山时与同学们讨论交流学术问题,而且喜欢用登山来比喻做基础研究。登山是很辛苦的,且受制于登山者的体力,能登顶者总是极少数。那是不是也可以说,做纯学术研究不仅很辛苦,成功也特别困难?

俞可平:是的,我经常比喻说,基础研究就相当于"登山",应用研究就相当于"接力"。应用研究需要团队合作,就像是 4×100 米接力赛,单人跑无法与多人跑相比较。比如对策分析、调研报告、大数据研究,通常需要团队的合作。而登山则纯粹凭个人的能力,体力好的人爬得快,其他人合在一起也无法超越爬得最快的人。

做纯学问就如同登山,一个思想深刻且学问渊博的学者所达到的学术高度,以及其学识和思想,是其他所有人合在一起也难以望其项背的。登山领先的人可以看到别人无法领略的风景,即使只高出一米,也足以感受不一样的风光。登山还意味着"高处不胜寒",意味着孤独前行,不为人所理解。像康德与黑格尔这样的思想家在个人生活上都特别孤独。能够登上山顶的总是少数,同样,能登上学术顶峰的也总是少数。但一旦登顶,给他带来的享受也是别人所不能体会的。

11. 您在回北大前,对许多重大理论与现实问题的研究曾经有很大的影响,常常成为学界关注的热点。现在您回到北大从事"天国学问"的研究,您的这种学术转型对于中国政治学研究有影响吗?

俞可平:我首先需要承认的是,从应用研究到基础研究的学术转型对我个人的学术道路影响非常之大,但我早有充分的心理准备,事先做好了从热门到冷门、从高被引率到低被引率、从广受关注到少人关注的心理预期。所以我不仅不会失落,反而认为是一种享受,有一种宁静的快乐。

对整个中国政治学研究来说,我个人的学术转型,至少在眼前不会有什么影响。我十分清楚,当下的学术氛围不会重视我所做的这些"天国学问",以及我所倡导的那些具有前瞻性的价值观念。但从长远来看,我相信会产生一定的学术影响。比如,我主持编撰的《政治通鉴》,第一卷问世时就被我们学院的前辈李景鹏教授誉为中国政治学基础研究的一根支柱。《政治通鉴》既包括政治学经典文献,又包括政治学研究的前沿成果,并且充分体现了中国政治学者的独立观点。该项研究工程不仅努力总结和分析中国政治发展的经验教训和一般规律,也将分析和探讨世界主要国家政治发展的经验教训和普遍规律。此外，"政治通鉴"研究工程的实施过程，也将是基础研究与人才培养相结合、建构起学术共同体的过程。我相信等多卷本出齐之后，《政治通鉴》必定会对中国的政治学界和政治思想产生重大的影响。

12. 学术研究和学术评价都离不开学术发表，现在对多数年轻学者和博士研究生来说，发表是一个"压力山大"的问题。您怎么看待现在年轻人学术成果发表难的问题，能谈谈您自己在成果发表方面的体会吗？

俞可平：重视学术成果的发表，是现代学术的重要特征。西方学界甚至有"publish or perish"（发表或死亡）的说法。因为成果的发表是展示学者水平的基本途径，即便学者的水平再高，没有高质量的学术成果发表，其学术水平也难以得到认可。因此，无论目前学术成果的发表体制有多少缺陷，论著的发表有多少困难，每个学者都必须极其重视成果的发表。

我的学术发表经历比较独特，也十分幸运。在这方面可以对你们"凡尔赛"一下：我在硕士研究生期间就开始发表文章，硕士学位论文就发表在《厦门大学学报》上，素昧平生的北京大学著名法学家龚祥瑞先生还因此专门致信于我。当时中国的社会科学期刊很少，但到博士学位论文答辩时，我已发表了十几篇文章。这些文章发表在《政治学研究》等权威刊物上。博士研究生期间，我还撰写了一本学术专著《西方政治分析新方法论》，在人民出版社出版。博士研究生毕业后不久，我便在《中国社会科学》和《新政治科学》(New Political Science) 等中英文权威期刊上连续发表论文。到目前为止，印象中只有一次被拒稿的经历，而且这篇被拒的文章，也立刻被另一家权威期刊优先编发了。所以，我的发表经验对现在的年轻学者来说，没有多大的适用性。但因为我参与创办并分管过学术期刊，所以也可以谈点对学术发表的看法。

我认为，现存的学术发表机制确实存在一些明显的问题。其一，过于看重期刊等级，最直接的表现是将期刊划分为核心期刊与非核心期刊。这一划分有其道理，因为大部分好文章确实会在核心期刊上面发表。但与此同时，我们必须看到，仍旧有一些高质量的文章发表于其他刊物，如果学界因为这些文章没有在核心期刊上发表就贬低其学术价值，这是完全不应该的。其二，过于看重学术发表的数量，给人的感觉好像有一种追逐"学术GDP"的氛围。其三，过于看重被引率。不能说被引率不重要，但不能把它当作学术评价的唯一标准。我前两天在知网上查了一下，发现吴敬琏和厉以宁两位经济学元老的单篇文章被引量均没有超过千次，而北大好几位经济学教授的单篇文章被引量高达五六千次。我们不能因此说，这些经济学教授的影响力超过了厉以宁和吴敬琏先生。其四,忽视了学术期刊文章之外的学术评价标准。有些学校明确规定,职称晋升只看期刊论文,而不论其他。若是将学术成果在期刊的发表视作学术评价的全部指标,学术评价的权力便变相移交到刊物编辑手中了。第五,学术成果的发表日趋功利化。学者们为了晋升职称,日益将自我规训为发表机器,失去了关注纯学术问题的热情,也丧失了推动学术进步的创造力。

13. 我们上面谈的都是学术研究,但作为一名大学教授,首要的责任还是教书育人。您回北大后除了做科研外,在教学方面主要做了些什么呢?比如,您开了哪些课程?

俞可平:作为教师,最重要的还是教书育人,这是教师的天职。我又喜欢讲课,有点"好为人师",所以回北大后,即使在担任政府管理学院院长期间,每个学期也至少开设一门课,经常是2—3门课。在回北大后的六年时间中,我开设的研究生课程有"政治哲学""全球治理专题研究""人类理想政治状态研究""当代中国政治专题研究";开设的本科生课程包括"新政治学""政治学前沿""政治法律与社会经典阅读"(主持)以及"社会科学的经典与前沿"(主持)。

在学生培养方面,特别值得一提的是,我创建的北京大学中国政治学研究中心,在学校教务部的支持下,联合政府管理学院、法学院和社会学系,共同创办了一个"政治学、法学和社会学"本科联合培养项目,简称"政法社"。这是一个跨学科的本科教学改革试验项目,已经办了三届,非常成功,很受同学们喜欢,最近还获得了北京大学本科教学优秀成果一等奖。

14. 您的"政治学前沿"课很受同学们欢迎,我们知道您正在主持"政治学前沿"课程教材的编写。请问您为什么特别重视政治学的前沿问题,您觉得从政治学科的发展来看,目前最重要的前沿问题是什么?

俞可平:我确实重视政治学前沿问题的研究与教学,不仅开设了"政治学前沿"课,而且主持了"政治学前沿"课程教材的编写。之所以重视政治学前沿,是因为这既是一门学科成熟的标志,也代表了这门学科的最新发展水平。

我理解的政治学前沿问题包括四个方面的内容:一是老问题新意义,例如民主、自由、平等、公正等政治学的占老问题,在当下又赋予了新的价值和意义;二是新的问题,需要新的理论,例如网络、算法、大数据、云计算、区块链、元宇宙和人工智能等问题,正在颠覆人类的思维和行为方式,已经对人类的政治生活产生了深刻的影响,需要相应的新政治理论;三是新的研究方法;四是新的概念和理论。

在所有前沿问题中，我特别关注算法政治。在我看来，算法的本质就是一连串的命令，这恰恰也是权力的本质特征。我预测，算法将是人类未来的主要权力来源，正像暴力是过去的主要权力来源一样。在未来的政治中，算法将是人类新的权力和权威形式，决定重大社会资源的分配和人类的行为方式。算法政治学不同于现在已经流行的计算政治学，计算政治学基于大数据的采集与分析，算法政治学集中关注算法的政治意义和政治后果。这应当是政治学最前沿的问题。

15. 当下导师和研究生的关系也是广受社会关注的热点问题，相比于中国传统的师生关系与海外高校的师生关系，您认为当下中国高校的师生关系具有哪些特色？在您看来，导师和学生之间应该建立起一种怎样的关系？您在培养学生方面有哪些自己的见解？

俞可平：坦率说，当下高校的师生关系确实存在一些需要关注的问题，特别是不健康的师生关系模式。例如，家长式关系，有些老师招收研究生之后，竟然像使唤儿女似地使唤学生，甚至要求人身依附式的效忠，这就严重扭曲了师生关系。又如，老板式的关系，有些老师招收研究生之后，完全把学生视作自己的雇工，学生变成打工者。再如，放任式关系，有些老师招收研究生之后，对学生采取完全放任的态度，没有尽到培养学生的责任。这些师生关系都是不健康的。我认为，合适而又健康的师生关系是指导式的，也可以说是教学相长式的。

从我有限的大学从教经历来看，多数老师都是尽心尽责的。但也确实有一些老师素质不高，自己没有学问，误人子弟。但是，学生中也同样存在一些不可忽视的问题。一些学生得过且过，不刻苦学习；一些学生投机取巧，成为"精致的利己主义者"。尤其恶劣的是，有些学校鼓励学生举报老师。我经常在课堂上对学生说，老师欢迎学生提出不同意见，包括对老师讲课内容的批评。但不要背后去举报老师，那样说明你的目的不是解决问题，而是存心跟老师过不去，那真是学风的败坏。不过我身边还没有发生过学生举报老师的事情，我也希望永远没有这样的情况发生。

16. 在日益复杂的国际局势以及新冠肺炎疫情防控的状态下，许多具有海外学历和留学背景的青年学者选择回国任教，您认为这对中国政治学的学科建设会带来哪些影响？

俞可平：你说得对，现在越来越多具有海外学历和留学背景的青年学者回国任教。这与新冠肺炎疫情显然有关，但除此以外还有其他原因。例如，国内高校教师的待遇明显改善了，特别是一些顶尖大学，老师们的待遇不比发达国家的大学同事差。还有就是中国与美国等西方发达国家的关系发生了实质性变化，开始明显恶化，这也促使一些青年学者选择回国。

更多具有海外留学背景的青年学者回国任教，对国内政治学科的发展是好事。首先是优势互补，国外和国内的社会政治背景、学术评价体系与教育培养方案均有所不同，各有优势。比如国外的教育使人视野更加开阔，能够从更为独立的视角考察中国问题，国内的教育则使人对中国国情更为了解。其次是引入新的研究方法和分析工具，促使国内政治学者更加重视量化分析，实现研究工具的升级。同时也有利于促进国际学术交流与合作，推动中国政治学走向世界。

我觉得至关重要的是，对国内外不同教育背景的学者在就业、升职和发表等方面，不要有任何歧视。现在有些政策制度是带有明显歧视性的，例如，一些名校在招收教职人员时明确规定必须拥有国外大学的博士学位，在晋升更高教职时也要求有国外学习经历。这显然偏离了学术公正的原则。还有一点也需要强调，在目前中国与西方国家政治关系明显恶化的背景下，中外学术交流与合作就显得特别重要。我们永远要记住，文明的进步来自学习借鉴，中华文明的进步离不开对外开放和国际交流。

17. 最后，请俞老师谈谈在目前这样一个中国与世界均处于转型过程的特殊时期，应当如何吸引更多的优秀学生学习政治学？年轻的政治学者应当如何传承前辈政治学者的传统，有效地推进中国政治学的研究？

俞可平：我在前面讲了这么多政治学如此重要，但一个冷酷的事实是：优秀学生第一志愿选择政治学的还不是很多，这确实有点悲伤。一门学科的发展，必须后继有人，首先需要一代一代年轻人的参与。我认为，要吸引更多年轻学生学习政治学，吸引更多优秀年轻学者投身政治学的教学研究事业，应当从以下两个大的方面着手。

从外部环境来看，要努力改善政治学研究的客观条件。很多人不想从事政治学的学习与研究，是出于非常现实的考虑。例如，就业前景不好，敏感领域太多，研究资源稀缺，成果难以发表，等等。这些环境性因素很多是学校自身难以改变的，但至少我们可以努力营造一个相对自由宽松的学术环境。

从政治学共同体内部来看，要努力提升政治学科的学术水平，尤其是科学化水平，增强政治学科的学科魅力。同时也要努力改进政治学科的教学和培养体系，使学生有更多机会参与现实政治，增加他们的政治体验，使他们切身感受到政治学的重要性。

总之，不仅政治学者自己要相信，而且要努力使全社会相信，没有高度发达的民主法治，不可能有中华民族的

追求有尊严的幸福生活

伟大复兴。而高度的民主法治,离不开繁荣发达的政治科学。

谢谢俞老师耐心细致的解答,我们相信广大读者听了俞老师的回答后,对政治学的重要性一定会增加新的认识。我们也同俞老师一样,期待着政治学展现其内在的魅力,使知识界和全社会能够更加重视政治学。

久直園

九十白石翁

图书在版编目（CIP）数据

追求有尊严的幸福生活 / 俞可平著. — 北京：文津出版社，2022.8
ISBN 978-7-80554-817-3

Ⅰ. ①追⋯ Ⅱ. ①俞⋯ Ⅲ. ①随笔—作品集—中国—当代 Ⅳ. ① I267.1

中国版本图书馆 CIP 数据核字（2022）第 064311 号

总 策 划：高立志	责任编辑：侯天保
责任印制：燕雨萌	装帧设计：田 晗
责任营销：猫 娘	

追求有尊严的幸福生活
ZHUIQIU YOU ZUNYAN DE XINGFU SHENGHUO
俞可平 著

出　　版	北京出版集团
	文津出版社
地　　址	北京北三环中路6号
邮　　编	100120
网　　址	www.bph.com.cn
总 发 行	北京出版集团
印　　刷	北京华联印刷有限公司
经　　销	新华书店
开　　本	880 毫米 ×1230 毫米　1/32
印　　张	10
插　　图	83
字　　数	176 千字
版　　次	2022 年 8 月第 1 版
印　　次	2022 年 8 月第 1 次印刷
书　　号	ISBN 978-7-80554-817-3
定　　价	88.00 元

如有印装质量问题，由本社负责调换
质量监督电话　010-58572393